Ralf und Carmen Neubohn

Magische Reisen mit schussliger Hexe

und schüchterner Fee

Ralf und Carmen Neubohn

Magische Reisen mit schussliger Hexe

und schüchterner Fee

Bibliografische Information der Deutschen Nationalbibliothek
Die Deutsche Nationalbibliothek verzeichnet diese Publikation
in der Deutschen Nationalbibliografie;
detaillierte bibliografische Daten sind im Internet
über www.dnb.de abrufbar.

Herstellung und Verlag: BoD – Books on Demand, Norderstedt

ISBN: 978-3-7557-0098-2

Hexe, Drache und Fee danken Ihren treuen Lesern!

Inhalt

Vorwort

Viele Leser meiner Bücher über den magischen Hof haben mich gebeten, einen neuen Band zu schreiben.

Dies habe ich gerne getan, da mir die Hofbewohner sehr ans Herz gewachsen sind. Den Schwerpunkt werde ich dieses Mal auf die magischen Reisen von Fee und Hexe legen, sowie deren neueste Halloween Abenteuer.

Das Buch wird abgerundet durch meine Frau, die ebenfalls über brandaktuelle Ereignisse unserer Freunde vom Hof berichtet.

Wir wünschen Ihnen viel Spaß beim Lesen!

Ihr Ralf Neubohn

Ralf Neubohn:

Das Gespräch

Das Alpaka Alpakalinle und Lama Larrylinchen unterhielten sich auf der Weide des magischen Hofes.

„In den letzten Jahren haben wir viel erlebt", meinte Larrylinchen.

„Stimmt", gab Alpakalinle recht. „Das ist auch gut so, denn dadurch konnten wir unseren treuen Lesern viele Bücher mit unseren jeweils neuesten Abenteuern schreiben."

Zögernd ging das Lama darauf ein: „Ja, da hast Du Recht. Aber einiges war wirklich viel zu aufregend. Z.B. die Erlebnisse mit dem Drachen. Hoffentlich gibt es in dem heutigen Buch weniger Dramatisches von uns zu erzählen."

Alpakalinle wiegte nachdenklich den Kopf: „Wer weiß, was uns alles in Kürze passiert? Dabei denke ich vor allem an die völlig chaotische Hexe. Nun, ja. Aber wenigstens wird unser neuestes Buch durch einen schönen Bericht von Carmen Neubohn abgerundet. Darauf freue ich mich schon! Mal sehen, welche Abenteuer der letzten Zeit sie zum Berichten ausgewählt hat. Oder was uns in Kürze noch passiert. Meistens sind die Berichte in unseren Büchern ja brandaktuell."

„Hauptsache wir selber erleben mal etwas weniger bei unseren eigenen Abenteuern", flüsterte das Lama düster. „Mir liegen noch die Sachen mit Anubis & Co schwer im Magen."

Beide Tiere seufzten schwer bei dieser Erinnerung. Was kam wohl nun auf sie zu? Wir werden es gleich erfahren!

Ein weiteres Gespräch

Im Cafe des Hofes unterhielten sich zur selben Zeit die Hexe Kleckselinchen, die Fee und der Zauberer Sir Ralphus.

Nervös ballte die schüchterne Fee die zarten, zitternden Hände: „Bald wird wieder etwas Neues passieren! Hoffentlich nicht zu viel und vor allem nicht uns drei! Sollen doch lieber die Tiere aufregende Abenteuer erleben! Ich gönne ihnen diese Freude."

Die junge Hexe Kleckselinchen sprach beruhigend zur ängstlichen Fee: „Es ist nun schon seit einiger Zeit hier auf dem Hof ruhig geblieben. Warum sollen gerade jetzt neue Abenteuer auf uns lauern?"

Schüchtern errötete die gleichaltrige Fee, während sie leise erwiderte: „Gerade weil schon so lange nicht Neues passiert ist, wird bald etwas passieren." Unruhig scharrte sie mit den Füßen.

Sir Ralphus meinte nachdenklich: „Nun, vielleicht trifft es ja wirklich nicht uns drei, sondern Dein Einhorn und die anderen Tiere. Warten wir es ab. Bei so leckerem Essen wie in unserem Hofcafé, fällt das Warten leicht."

Vor Freude errötete die Fee, da sie an diesem Tag Kochdienst hatte. Ob die arme Fee mit ihren düsteren Vorahnungen richtig lag? Bald wissen wir es!

Die Warnung

Verlegen knetete die sehr junge Fee ihre Hände: „Ich weiß, dass schreckliche Abenteuer auf uns lauern."

Kleckselinchen meinte von oben herab: „In meiner Gegenwart kann Dir nichts passieren. Ich bin die mächtigste Hexe der Welt!"

„Mächtig eingebildet", schoss es Sir Ralphus durch den Kopf. *„Dazu auch noch furchtbar schusslig."* Laut erkundigte er sich: „Woher willst Du wissen, dass Gefahren auf uns lauern? Wir haben noch keinerlei Anzeichen entdeckt."

Rot vor Verlegenheit flüsterte die Fee: „Ich zeige es Euch. Kommt mit." Auf dem Hof sprach sie erläuternd: „Wie Ihr wisst, haben Tiere einen siebten Sinn. Sie spüren Gefahren. Schaut mal auf den Birnbaum." Was die beiden anderen sahen, ließ sie erbleichen. Auf den allerobersten Ästen des Baumes saßen zitternd das Einhorn, der Panda, der Drache, das Lama und das Alpaka. Kein gutes Omen!

Doch Kleckselinchen meinte forsch: „Ach, vielleicht täuschen die Tiere sich."

Doch die Fee zog die beiden mit zittrigen Knien vor den Hof. Dort standen neuerdings überall Warnschilder: „Da bleiben!" „Nicht fortgehen!" „Draußen ist es gefährlich!" „Nichts für kleine Feen und Hexen!" „Alte Zauberer sollten zu Hause bleiben!" Diese Warnungen stimmten nun auch die letzten Zweifler nachdenklich. Woher kamen die Schilder? Wer baute sie auf?

Noch eine Warnung

Nun zitterten auch Kleckselinchen die Knie, was sie aber natürlich nicht zugab. Sie versuchte, forsch zu klingen: „Na ja, da hat sich halt jemand einen Spaß erlaubt. Was soll es?"

Die Fee trat schüchtern von einem Fuß auf den anderen, bevor sie zu sagen wagte: „Dann gehe bis zum Ende der Schilder, wenn Du es wagst."

Die Hexe stellte sich mutig, atmete aber vor Angst schwer. Was würde wohl nach dem Warnschilderwald kommen? Sir Ralphus lief mit ihr ans Ende des Schildermeeres. Er hatte schon vieles erlebt, aber so viele schlechte Omen auf einmal noch nie. Was sollte dies alles bedeuten? Am Ende der vielen Schilder sahen die beiden Geier, Schakale und zahlreiche Marterpfähle. Die Hexe schluckte, der Zauberer schlug heiser vor: „Ich glaube, wir waren für diese Woche genug spazieren. Lass uns lieber im Hofcafé endlich wieder gemütlich schlemmen."

Sehr erleichtert gab die junge Hexe ihm Recht: „Ja, lass uns ordentlich reinhauen. Wer weiß, wie lange wir es noch können?"

Beiden lief ein kalter Schauer über den Rücken. Was braute sich da zusammen?

Die letzte Warnung

Eines Tages berichtete das Einhorn seiner Fee: „Als ich zusammen mit dem Drachen einen Rundflug machte, entdeckten wir etwas Schreckliches! Am See hat das Seeungeheuer ein Schild hingestellt: Wohnung im See zu vermieten. Bin auf der Flucht!"

Von allen bösen Omen war dies zweifellos das erschreckendste. Was konnte bloß so ein gefährliches Seeungeheuer in die Flucht treiben?

Die Fee erbleichte, stolperte über einen Stuhl und rief stürzend: „Wir haben alles im Griff!"

Das Grauen!

Da schon lange der übliche Besucherstrom auf dem Hof ausblieb, wurde allen klar: Die furchtbare Gefahr musste rings um den Hof lauern. Was konnte es sein? Wo kam die Gefahr her? Warum gerade zu ihnen? Sollte die Gefahr doch zu den Nachbarfarmen gehen! Die hatten es eher verdient!

Der Drache machte eines Abends einen Kontrollflug. Dieser musste sehr erfolgreich gewesen sein! Er kehrte völlig geschockt, halb ohnmächtig zurück! Er gab nur noch Satzfragmente von sich: „Unfassbar! Schrecklich! Nicht zu fassen! Entsetzlich!" Was erschreckte ihn bloß so? Dazu auch noch am Abend vor Halloween? Gingen die Geister schon früher um?

Die Invasion

Bald wussten es alle! Das Hofcafé wurde an Halloween von Massen besonders babbliger Berta Babbelbergles gestürmt. Unvorstellbare Mengen von Ludwig P. Lesi-Les schrieben auf dem Hof noch langweiligere Bücher als sonst und lasen diese jedem vor.

Einzeln waren die beiden schon eine schwere Geduldsprobe. Aber vermehrt in zahlreiche Doppelgänger – nicht auszuhalten.

Der Zauberer Sir Ralphus nahm von diesen Doppelgängern einen magischen Fingerabdruck und sprach sehr streng zu Kleckselinchen: „Ich habe es mir gleich gedacht! Du bist schuld! Die Doppelgänger stammen aus Deiner Magie! Was hast Du bloß getan?"

„Ich weiß auch nicht...", begann die Hexe, als sie plötzlich erschrocken schwieg! Im Hofcafé hatte sie einmal der gefräßigen Berta Babbelbergle und Ludwig P. Lesi-Les einen Vermehrungszauber für ihren Kuchen gemacht. Dabei musste die Magie die beiden versehentlich auch gestreift haben. Wie peinlich! Welch ein grauenvolles Halloween! Lauter dauerbabbelnde Berta Babbelbergles und unerträglich langweilige Ludwig P. Lesi-Les! Das furchtbarste Halloween aller Zeiten!

Rettung

Auf dem Hof lagen die Hofbewohner überall herum, welche Ludwig P. Lesi-Les' viele Doppelgänger durchs pausenlose Vorlesen in Tiefschlaf versetzten. Die anderen Hofbewohner liefen nur noch mit Ohrschützern herum, weil sie das Dauergebabbel von Bertas Doppelgängerinnen nicht mehr ertrugen. Das grauenvollste Halloween aller Zeiten!

Die zahlreichen Doppelgänger hatten den Hof schon lange vorher umzingelt und alle Besucher gelangweilt und die Ohren taub geschwätzt. Um den Hofbewohnern dies Grauen zu ersparen, baute das Hofkamel überall die Warntafeln und Marterpfähle auf! Dem Kamel machte das Geschwätz nicht viel aus, denn es hielt Berta und Ludwig für besonders dumme Kamele und hörte nie richtig zu. Dadurch blieb dem Kamel viel erspart. Doch wie nun die vielen Bertas und Ludwigs loswerden? Kein Trick gelang! Kein Zauber war mächtig genug! Die völlig zermürbten Hofbewohner begannen schon die Koffer zu packen, um zu fliehen, als doch noch die Rettung nahte!

Der Zauberer Merlin erschien erzürnt: „Was soll das? Mein armer Drache kam an Halloween zitternd zu mir nach Hause! Fort Ihr Langweiler!"

Die mächtige Magie Merlins wirkte sofort. Der Hof war von den Doppelgängern befreit. Alle Hofbewohner atmeten auf und dachten: *„Nie wieder Halloween!"*

Idee

Langsam erholten sich alle Hofbewohner von den Aufregungen der Halloweenzeit. Doch die Besucher blieben weiterhin aus. Wie diese wieder auf den Hof zurückbekommen? Kleckselinchen schlug einen internationalen Zauberwettbewerb vor, was natürlich von allen, die ihre Schussligkeit kannten, abgelehnt wurde. Das Einhorn befürwortete dagegen einen Flugwettbewerb, doch auch dieser Vorschlag fand keine Begeisterung.

Was also tun? Noch lange berieten unsere Freunde sich, bis Sir Ralphus vorschlug: „Neulich habe ich gelesen, dass in Afrika Fotosafaris stattfinden. Wahre Menschenmassen fahren durch Naturreservate und machen Fotos von wilden Tieren. Das bieten wir jetzt auch an! Viele Touristen werden deswegen kommen!"

„Aber wir haben hier gar keine wilden Tiere", entgegnete Alpakalinle.

Selbstzufrieden nickend meinte der Zauber: „Das werden wir jetzt ändern!"

Die erst Fotosafari

Nach einiger Zeit erschienen auf dem Hof die ersten Touristen, die im Naturreservat eine Fotosafari machen wollten. Eigens zu diesem Zweck wurde vor dem Wald ein Schild: „Naturreservat" aufgestellt, das Hexenhaus in „Reservat-Schutzhaus" umbenannt. Die Touristen versammelten sich auf dem Hof und warteten gespannt auf die „Tourwagen mit Aussichtsplattform", von denen aus sie im Fahren wilde Tiere fotografieren konnten. Die Enttäuschung war sehr groß, als sie eine lange Reihe von Leiterwagen als Transportmittel sahen, die von Lamas gezogen wurden. Kleckselinchen begründete das: „Der Wald ist so dicht, dass normale Busse nicht durchkommen! Außerdem müssen wir in einem Naturreservat uns natürlich umweltfreundlich fortbewegen." Die Besucher schluckten, schüttelten seufzend die Köpfe und harrten gespannt auf weitere unerfreuliche Überraschungen. Was wohl noch alles auf sie zukam? Die Armen!

Die Tour beginnt

Vielleicht hätten die Hofbewohner in die Leiterwagen Sitzkissen legen sollen, da die ungefederten Gefährte kräftig durch den Wald rumpelten. Steine und Wurzeln schienen förmlich auf die armen Besucher zu lauern. Am liebsten wären die Gäste ausgestiegen, aber die Reiseführerin Kleckselinchen warnte: „Durch die Gitterstäbe der Leiterwagen sind Sie vor den äußerst gefährlichen Tieren sicher. Deshalb darf niemand aussteigen, die wilden Bestien würden sofort zuschlagen." Zitternd saßen die armen Menschen im Wagen, was wohl als Nächstes passierte? Sie sahen laut ihrer Reiseführerin Kleckselinchen einen wilden Jaguar auf einem Baum. Ohne ihre Erklärung hätte jeder ihn für einen schlaffen Rotpanda gehalten. Eine Weile später sah aus dem Gebüsch ein Kopf mit langem Hals heraus. Kleckselinchen rief: „Jetzt sehen Sie die einzige freilebende Giraffe Deutschlands! Eine Sensation!"

„*Merkwürdig*", dachten viele Besucher. „*Es sieht eher wie ein Kamel mit aufgemalten Giraffenflecken aus.*" Welche wilden Tiere wohl noch erschienen? Wieso lebten diese hier im Wald, statt in Afrika?

Neue Überraschungen

Im Gebüsch raschelte es geheimnisvoll. Die Reiseführerin Kleckse-linchen flüsterte warnend: „Wir sind hier in der Nähe eines Sees. Daher besteht die große Gefahr, dass uns hungrige Krokodile im Dickicht auflauern."

Besorgt schauten sich alle um, bis eine Frau erleichtert rief: „Schaut mal! Ein Zwerggecko! Ich wusste gar nicht, dass die in deutschen Wäldern leben." Tödlich beleidigt verschwand der kleine Drache Qualmchen wieder im Gebüsch.

„Zwerggecko! So hat mich großen Drachen noch niemand beleidigt", schmollte das besonders kleine Dingelchen.

Als nächster Höhepunkt zeigte sich eine Hyäne. Zögernd machte diese: „Wuff? Wuff?" Es ist nicht zu fassen, welche Ähnlichkeit in diesem Fall zwischen Lamas und Hyänen bestand. Zum Glück fiel es niemand auf. Und wenn jemand sich eine Bemerkung erlaubt hätte, würde diese „Hyäne" ihn wohl angespuckt haben. Lamas sind eben so. Äh, ich wollte sagen: Hyänen sind halt so!

Noch gefährlichere Tiere

Als die Reisegruppe sich einem See auf Sichtweite näherte, erklärte Kleckselinchen: „Hier am See ist es besonders gefährlich! Angriffslustige Nashörner kommen zum Trinken her." Tatsächlich erschien ein Nashorn vor den Augen der zitternden Safarigruppe. Ein Mädchen murmelte erstaunt: „Ich wusste gar nicht, dass Nashörner wie Einhörner aussehen."

Gleichzeitig wies die Reiseleiterin darauf hin: „Im See können Sie gerade die äußerst seltene Seeschlange sehen." Ein kleiner Kopf auf langem Hals schaute kurz aus dem Wasser. Begeistert fotografierten die hochzufriedenen Safarigäste dieses äußerst rare Tier. Alpakalinle, welches untertauchte, dachte: *„Wenn ich noch oft Seeschlange spielen muss, bekomme ich Halsweh."*

Die Tour wurde zu so einem großen Erfolg, dass immer mehr Menschen den Hof besuchten, um anschließend an der Fotosafari teilzunehmen. Unsere Hofbewohner hatte es geschafft. Der Erfolg kehrt auf den Hof zurück.

Der Kongress

Sir Ralphus beschloss, als zusätzliche Attraktion den jährlichen Zaubererkongress auf dem Hof zu veranstalten. Zauberer aus allen Ländern der Welt liefen zahnlos nuschelnd über den magischen Hof, wobei sie oft über ihre langen Bärte stolperten.

Mit ihren langen Zauberermänteln boten die Kongressteilnehmer einen seltsamen Anblick. Begeistert riefen Kinder: „Schaut mal! Lauter Opas in Bademänteln! Hier muss irgendwo ein Freibad sein! Toll!"
Andere Kinder erwiderten verächtlich: „Quatsch! Seht Ihr auf den Köpfen der Opas nicht deren Schlafmützen? Offensichtlich gehen sie mit ihrem Morgenmantel und der Schlafmütze zu einem Nachmittagsschläfchen."
Die armen Zauberer! Es kam aber noch viel schlimmer!

Die Höhle

Die Kongressteilnehmer beschlossen, als Rahmenprogramm die seit Halloween vom echten Seeungeheuer verlassenen Höhle im See zu besichtigen. Mit Tauchermasken und Schnorcheln liefen die Zauberer mit ihren Schwimmflossen in Richtung See, was Besucher zu dem Kommentar veranlasste: „Seht mal! Da watschelt eine Familie Wildenten! Sind die aber groß!"

Zum Glück hörten die Zauberer altersbedingt sehr schlecht, wer weiß, was sonst passiert wäre? Mit leichtem Gruseln tauchten sie in Richtung Höhle. Oh, weh! Vielleicht war ja das Ungeheuer wieder eingezogen? Konnten Zauberer in diesem Fall auch unter Wasser zaubern? Gingen überhaupt magische Zauberstrahlen durch Wasser?

Tja

Vor der Höhle standen Schilder: „Betreten verboten!" „Vorsicht, bissiges Ungeheuer!" Voller Angst schüttelten sich alle. Sollten sie wirklich das Risiko eingehen? Wer wusste schon, ob es nicht mehrere Seeungeheuer gab, die in einer Wohngemeinschaft lebten? Doch niemand ließ sich seine Beklemmung anmerken, keiner wollte als Angsthase gelten. In der Unterwasserhöhle entdeckten die erstaunten Zauberer Spielzeugeisenbahnen, Puppen, Teddys und verschiedene magische Brettspiele. Na, sowas! Ungeheuer waren offensichtlich auch nicht mehr das, was sie mal waren. Völlig verblüfft kehrten die Zauberer zur Beendigung ihres Kongresses zurück.

Vermisst

Alpakalinle sprach zum Panda: „Ich mache mir große Sorgen um die Fee. Ich habe sie seit ein paar Stunden nicht mehr gesehen."

„Ach, ich würde mir da keine großen Sorgen machen", bemerkte der Panda. „Du weißt doch, wie schusslig sie ist. Vermutlich ist die Fee in den Bach gefallen und muss nun daheim die Kleidung trocknen."

„Gerade weil die Fee so schusslig wie Kleckselinchen ist, kann man sich nie genug Sorgen machen," erklärte Alpakalinle.

„Also gut", lenkte der Panda ohne große Begeisterung ein. „Dann will ich mal ihre Spur suchen." Schnüffelnd lief der Panda über den Hof. „Hm, das riecht nach sehr altem Fußpilz. Das ist die Spur von Sir Ralphus. Bäh! Die andere Spur riecht nach starken Schweißfüßen. Hier ging zweifellos Kleckselinchen lang. Aber wo ist die Spur der kleinen Fee? Seltsam, die muss doch hier lang gekommen sein?"

Die merkwürdige Spur

„Aha! Diese Fußspur riecht nach Pferd. Und da nur die Fee auf dem Einhorn reitet, riechen nur ihre Fußsohlen nach Pferd." Die beiden folgten der Spur, die immer wieder zick-zack durch den kleinen Hof führte. Gelegentlich auch mal im Kreis. Seltsam, was konnte nur der Grund sein? Barfuß auf dem steinigen Wegen zu laufen besaß sehr wenig Spaß-Faktor.

„Bist Du Dir sicher auf der richtigen Spur zu sein?", erkundigte sich Alpakalinle. „So wirr läuft doch kein Mensch herum."

„Ein Mensch nicht", erklärte der schnuppernde Panda. „Chaotische Feen und Hexen aber schon."

Auf dem Weg sahen die beiden auch wie bei einer Schnitzeljagd Hinweise darauf, welchen Weg die Fee lief. Rutschstellen wo diese hinfiel, umgestoßene Gießkannen, über welche die Fee stolperte. Schließlich fanden die beiden die Arme.

Vor Verlegenheit lief sie rot an: „Schön, dass Ihr mich rettet. Ich habe mich nämlich völlig verlaufen."

„Verlaufen? Auf unserem kleinen Hof?", ging es dem Panda durch den Kopf. *„Die ist ja noch viel schussliger als ich dachte!"*

Das Rezept

Bewundernd aß die Fee im Hofcafé den frischen Apfelkuchen von der jungen Hexe Kleckselinchen. „Wie bekommst Du den nur so gut hin? Ich schaffe das nie so lecker! Zauberst Du?"

Kleckselinchen, die an zahlreiche „kleine" Zauberpannen im Café dachte, erwiderte etwas von oben herab zu ihrer Schwester: „Natürlich zaubere ich beim Essenkochen nie. Für die Gäste unseres Hofcafés koche ich alles selber. Weswegen sich der Panda auch oft zum Naschen in die Küche schleicht."

„Ja, stimmt. Ich habe schon oft Pandahaare am Kuchen entdeckt. Außerdem abgeschleckte Sahnestellen. Aber zurück zum Kuchen, wie kamst Du auf das köstliche Rezept?"

Geschmeichelt erklärte die Hexe: „Na, ja. Zuerst habe ich es einfach so mal probiert, doch es schmeckte scheußlich. Da mein Kochbuch irgendwie verlorenging, nahm ich alle Rezepte fürs Hofcafé aus meinem Hexenbuch und aus einem Fachbuch für Giftkunde." Seltsamerweise rannte die Fee würgend hinaus. Merkwürdig, der Kuchen schmeckte ihr doch? Beim Rausrennen sah sie leider nicht den ironischen Blick von Kleckselinchen, die gerne andere foppte: „Hi, hi, die glaubt auch wirklich alles!", amüsierte sich die Hexe.

Die Meisterschülerin

Obwohl die Fee sich ihrer weniger aufregenden Kochkünste bewusst war, versuchte sie dennoch besser als Kleckselinchen zu kochen. Der Feekochtopf ruhte nie und pausenlos suchte sie ahnungslose Opfer für ihre verfehlten Kochversuche. Vielleicht hätte ein Kochbuch geholfen, aber wie Kleckselinchen hatte auch die Fee ihres verloren.

Nachdem ihre jeweiligen Gäste meistens mit schweren Bauchschmerzen oder Durchfall heimgingen, gelang es ihr immer seltener, neue Opfer für ihre „Kochkünste" zu finden. Ihr selber schwebte es nebelhaft vor, dass es noch einiges zu lernen gab. Aber die Fee bildete sich ein, immer besser zu werden. Bis es ihr eines Tages gelang, mal wieder Sir Ralphus einzuladen, in dem sie ihm von ihren großen Fortschritten vorschwärmte. Skeptisch probierte Sir Ralphus die Knödel, nuschelte anschließend etwas völlig Unverständliches. „Hä?", erkundigte sich die Fee ratlos. Dann erblickte sie erbleichend Sir Ralphus Gebiss, welches am sehr pappigen Knödel stecken blieb. Die Fee entschloss sich daher völlig überraschenderweise, Sir Ralphus lieber nicht zu fragen, was er von ihren Kochfortschritten hielt.

Kleckselinchens Geschichte

Als eines Tages Kleckselinchen Ralphus Rheumaticuslinchen besuchte, sprach dieser: „Wie Du weißt, lesen viele Menschen die Bücher, die ich zusammen mit dem Alpaka unter dem Pseudonym Ralf Neubohn schreibe. In unserem letzten Buch: 'Geheimnisvolle Weihnachten mit Hexe, Drache und schüchterner Fee' habe ich darüber berichtet, wie es kommt, dass Du und die Fee Schwestern seid. Auch über die Lösegeldforderung für den Weihnachtsmann kam alles vor, aber die Leser wollen jetzt wissen, wie es nun genau mit dem Tyrannosaurus Rex weiterging, den Du aus Versehen beschworen hast und der Dich, die Fee und den Drachen in die Flucht schlug. Was passierte dann mit ihm? Ich weiß nur noch, wie er in die unterirdischen Höhlen der Teddys einbrach und so lange durchgekuschelt wurde, bis er der Weihnachts-Dino wurde, der allen braven Ungeheuern zu Weihnachten Geschenke brachte. Aber wie ging das alles genau weiter? Ich wusste es einmal, aber ich habe in letzter Zeit so viele Abenteuer erlebt, dass ich alles durcheinanderbringe. Aber die Leser haben das Recht darauf, alles ganz genau so zu erfahren, wie es sich wirklich zutrug. Also erzähle mir jetzt, damit ich es gleich mitschreiben kann."

Der Tyrannosaurus Rex

Der Tyranosaurus Rex verkleidet sich zu Weihnachten als Weihnachtsmann. Ein sehr merkwürdiger Anblick: Der lange weiße Bart und die Zipfelmütze auf dem Saurierkopf.

Die kleinen Kinder der Monster freuten sich über die Geschenke, die er brachte. Selbst die allerbösesten Ungeheuer wagten es nicht, die Geschenke für ihre Kinder abzulehnen. Wer es dennoch versuchte, bekam statt einem fröhlichen: „Ho, ho, ho!" ein gefährliches: „Groar!" zu hören.

Der Weihnachtsmann freute sich sehr über seinen neuen Kollegen! Knecht Rupprecht aber noch mehr! Denn Monsterkinder mit der Rute zu bedrohen, war durchaus nicht ungefährlich, wie sich jeder denken kann.

„Aha, jetzt erinnere ich mich wieder daran", sprach Sir Ralphus. Was den Hofbewohnern wohl als Nächstes blühte?

Der Wettbewerb

Eines Tages war wieder Halloween und die Bewohner des magischen Hofes nahmen doch wieder an Halloween teil. Nicht zu fassen! Manche Leute lernen es eben nie! Eigentlich hätten sie von dem zuvor geschilderten Halloween des letzten Jahres genug haben sollen. Aber, nun ja…

Verschiedene Städte und Tierhöfe veranstalteten einen Wettbewerb fürs beste Halloween Kostüm. Sir Ralphus sprach sogleich: „Da müssen wir unbedingt daran teilnehmen! Denn das Geld können wir für unseren Hof gut gebrauchen!"

Fieberhaft stellten alle Kostüme her! Alpakalinle band sich zwei Warndreiecke auf den Rücken und ging als Kamel verkleidet zum Wettbewerb. Das echte Kamel verkleidete sich als Alpaka, indem es sich einen Wischmopp auf den Kopf setzte und wie Alpakalinle auf einer Schreibmaschine tippte. Die anderen zuckten verächtlich die Achseln: „Das sind Faschingskostüme, aber keine Verkleidungen für Halloween. Wenn wir gewinnen wollen, brauchen wir etwas Besonderes!"

Ob sie eine Chance hatten? In einem großen Fußballstadion trafen sich abends alle Teilnehmer des Wettbewerbes. Was für tolle Kostüme hatten die anderen Höfe und Städte! Niemand gab unseren Freunden die kleinste Chance.

Es geht los

In den Rängen des Fußballstadions saß das Publikum mit Notenschildern für die Abstimmung. Unten liefen nach und nach die Kandidaten ein. Skelette, von denen öfters die Knochen herabfielen, auf welche sich Werwölfe gierig stürzten. Klabautermänner, die große Pfützen hinterließen, in denen prompt Kleckselinchen ausrutschte, in ihrer Verkleidung als Hexe. Da sie ja eine Hexe war, musste sie sich erst gar nicht verkleiden. Der Panda lief mit einer großen Bäckertüte als Zauberhut auf dem Kopf herum. Mit einem Bambusrohr fuchtelnd und Zaubersprüche nuschelnd ging er als Zauberer Sir Ralphus verkleidet in den Wettbewerb. Mit diesem Kostüm kam er vorläufig auf Platz 1. Leider kamen aber Konkurrenten anderer Höfe auf bessere Punktzahlen und vertrieben so den Panda von Platz 1. Qualmchen als Flammenwerfer verkleidet konnte die Führung auch nicht wiedergewinnen. Es sah sehr schlecht für unseren Hof aus! Die Konkurrenz grinste schon siegesgewiss und machte sich über unseren Hof auf ganz schäbige, unsportliche Art lustig. Tief geknickt saßen unsere Freunde da, die Blamage stand vor der Tür!

Der Triumph

Ja, die Blamage stand vor der Tür. Aber die Blamage für die Konkurrenz! Denn als letzter Kandidat zeigte sich der Tyrannosaurus Rex als Weihnachts-Dino verkleidet. Das riss selbst die lethargischsten Zuschauer von den Plätzen! Der Jubel brandete fast nicht enden wollend auf! Fanfaren erklangen, die Notentafeln flogen wie Konfetti durch die Luft, das war der triumphalste Sieg aller Zeiten! Eine beispiellose Halloweensensation, durch welche die zahlreichen Skelette und Vampire noch blasser dastanden als vorher.

Jubelnd umringten unsere Hofbewohner ihren Helden, bis es bei der Preisverleihung zu Problemen kam. Die Schülerinnen, welche dem Sieger den Lorbeerkranz aufsetzen und die Siegerschärpe umhängen sollten, sahen sich bei dem Saurier vor unlösbare Probleme gestellt. Wie da hochkommen? Die Fee flog sie auf ihrem Einhorn hinauf, was zu Sonderapplaus führte! Dieses Halloweenfest wurde überall zur Legende! Ein großer Kontrast zum Halloweenfest vor einem Jahr! Halloween konnte also doch Spaß machen!

Die Hofbesucher

Auf dem magischen Hof ging alles seinen gewohnten Gang. Zahlreiche Besucher kamen, um die berühmten Tiere zu sehen. Vor allem den Drachen, das Alpaka und das Lama. Durch die zahlreichen Bücher Ralf Neubohns über ihre Abenteuer, wurden sie zu regelrechten Stars auf dem Hof. Was dem Hof sehr nützte, da es so nie an Gästen fehlte.

Allerdings kam es auch zu Problemen. So wollten fast alle den Apfelkuchen der Hexe Kleckselinchen essen, weshalb die Arme mit der Arbeit kaum nachkam. Immer öfter spielte die gestresste mit dem Gedanken, sich die Besuchermassen mit vergifteten Apfelkuchen vom Hals zu schaffen. Hexen sind ja für ihre vergifteten Äpfel bekannt. Natürlich blieb es beim Gedankenspiel, denn Kleckselinchen gehörte zu den liebenswerten, jungen Hexen.

Als sie einmal auf dem Hofgelände den Tieren zusah, kam nervös die Hände ringend ihre Schwester, die schüchterne Fee Ninvy, auf sie zu. Errötend sprach die Fee verlegen mit den Füßen scharrend: „Schwesterherz, die Besucher gehen mir langsam über die Feehutschnur! Überall laufen die Leute rum! Dabei stellen sie oft noch die allerblödesten Fragen. Neulich standen Besucher bei den Alpakas und jemand fragte: ‚Ist nicht eines der Tiere das berühmte Alpakalinle?' Ein Mann meinte überheblich: ‚Aber nein! Alpakas sind Wassertiere. Sie schwimmen hinten im großen See. Dort fressen die Alpakas Algen. Und wenn ihr Fell am Hals nass ist, hält sie jeder für Seeschlangen!'"

Kleckselinchen schnaubte verärgert: „Stimmt! Manche Leute sind einfach zu blöd. Wie ging es weiter?"

„Alpakalinle ärgerte sich so über den Typ, dass es ihm in die Nase biss und meinte: ‚Genauso essen wir Alpakas Algen'". Beide Schwestern lachten über den köstlichen Scherz des Alpakas!

Hexenkugel

Die beiden Mädchen zogen sich in Kleckselinchens Hexenhaus zurück, um dem Trubel wenigstens eine Weile zu entfliehen.

Verlegen scharrte die Fee mit den Füßen und flüsterte äußerst scheu: „Kannst Du nicht mal in Deiner Hexenkugel nachschauen, wie lange hier noch so viel los ist?"
„Eine gute Idee", erwiderte Kleckselinchen. Die Hexe sprach einige Beschwörungsformeln und die Hexenkugel reagierte: ‚Kein Anschluss unter dieser Nummer... Kein Anschluss unter dieser Nummer... Kein Anschluss unter dieser Nummer...' "Mist!", schimpfte Kleckselinchen. „Jetzt habe ich den Zugangscode wieder verwechselt. Das Einloggen ist immer ein Problem." Erneut murmelte sie verschiedene Formeln, dieses Mal die richtigen. Denn die Hexenkugel antwortete: ‚Bitte gedulden Sie sich einen Augenblick, Sie werden gleich bedient! Bitte gedulden Sie sich einen Augenblick...'
So ging es zwei Stunden – so viel zum Thema ‚einen Augenblick'. In der Hexenkugel zogen dann schnell die Zukunftsbilder vorbei. Noch einige Zeit ging es auf dem Hof lebhaft zu, bevor es so schön wie früher wurde.

Kleckselinchen rief befriedigt: „Gut, wir wissen nun, wie lange es so schlimm bleibt. Wir beide verreisen die entsprechende Zeit und als Urlaubsvertretung buche ich die zauberhaften Altbohns."
Vor Freude errötend wisperte die Fee: „Oh, fein!"

Möglichkeiten

Da Kleckselinchen zu den schussligen Hexen gehörte, vergaß sie schon seit Monaten ein Update für die Hexenkugel zu machen. Daher brach die Verbindung mit einem „tut, tut, tut" Besetztzeichen ab.

Die Schwestern beratschlagten freudig, wohin die Reise gehen sollte.

Die Welt stand ihnen offen! Auch das Reisemittel: Kleckselinchens fliegender Füller, Ninvys Einhorn oder über einen heiligen Hain!

Sie entschieden sich für Letzteres, da Reisen über die vielen heiligen Haine der Welt am wenigsten Aufwand bedeutete. Schon bei ihren Abenteuern in dem Buch „Geheimnisvolle Weihnachten mit Hexe, Drache und schüchternere Fee" klappte so das Reisen blitzschnell. Wenn auch mit zahlreichen Überraschungen. Würde es diese jetzt auch wieder geben?

Im heiligen Hain

Im heiligen Hain schlug Kleckselinchen vor: „Zaubere Du uns an den Hof von König Artus. Bei dieser Reise durch die Zeit können wir den Drachen Qualmchen in seiner Jugendzeit besuchen."

Nervös trat die Fee errötend von einem Fuß auf den anderen, murmelte die magische Formel – nichts geschah.

Die junge Hexe rief: „Du musst die Beschwörungen lauter sagen, sonst klappt die magische Vermittlung zu dem Hain dort nicht."

Verlegen die Hände knetend sprach die schüchterne Fee nun lauter. Es passierte nun tatsächlich etwas! Eine monotone Stimme erklang: „Kein Anschluss unter dieser Nummer! Kein...." Seufzend bat die Fee Kleckselinchen die Sache energischer in ihre Hand zu nehmen. Das tat diese auch mit einem elanvollen Zauberspruch. Sofort geschah auch etwas! Die monotone Stimme leierte endlos herunter: „Der Teilnehmer ist derzeit nicht erreichbar! Der Teilnehmer..." Mit einem so saftigen Fluch, dass wir ihn hier nicht wiedergeben können, reagierte die Hexe.

Die Fee meinte enttäuscht: „Die Technik ist auch nicht mehr, was sie mal war. Oh, Entschuldigung! Ich meine: Die magischen Orte sind auch nicht mehr, was sie mal waren! Offensichtlich sind die magischen Verbindungen stark überlastet."

Der Sonnenkönig?

„Wohin sollen wir denn jetzt reisen?", erkundigte sich Ninvy ratlos.

Kleckselinchen schlug vor: „Wie wäre es mit dem französischen Sonnenkönig? Die Pracht an dessen Hof in Versailles wollte ich schon immer mal sehen." Noch bevor Ninvy wegen ihrer unpassenden Kleidung protestieren konnte, schleuderte Kleckselinchen ihren Zauberspruch ab.

Neugierig schauten die beiden sich in dem heiligen Hain am Zielort um. Menschen mit äußerst seltsamer Kleidung saßen in einem Steinkreis und schauten die beiden voller Begeisterung an: „Die Götter senden uns Ihre Boten!", rief der Druide euphorisch.

„Wo sind wir hier?", flüsterte die Fee sehr scheu.

Dem rot werdenden Mädchen erklärte der Druide: „In Stonehenge! Wir freuen uns, dass die Götter Euch zu uns gesandt haben. Denn wir brauchen deren Rat, wie wir Stonehenge zu einer besser besuchten Kultstätte machen können."

Kleckselinchen sah sich den sehr kleinen Steinkreis mit seinen niedrigen Steinen an und platzte plötzlich mit der Lösung heraus: „Ihr müsst viel größere Steine verwenden! Das wird jahrhundertelang Menschen aus aller Welt herlocken."

Freudig jubelte der Druide: „Die Botinnen der Götter haben Recht! Das machen wir sofort!"

Kleckselinchens Prophezeiung bewahrheitete sich, noch heute pilgern viele Menschen dorthin. Nun wissen wir alle, wie es zum Bau von Stonehenge in der heutigen Form kam. Danke, Kleckselinchen!

Die Queen?

Ninvy stichelte später: „Interessant an den Hof des französischen Sonnenkönigs zu kommen. Offensichtlich sind sie erst beim Bau von Versailles."

Kleckselinchen erwiderte prompt: „Bäh!" Danach murmelte die Hexe etwas davon, dass sie ja nun in England seien und sich ein Besuch der Queen in Schloss Windsor anbieten würde.

Sorgenvoll dachte die Fee: „Wer weiß, wo wir jetzt landen?" Ihre Skepsis bewahrheitete sich leider. Die beiden Schwestern standen in einem heiligen Hain aus lauter Kakteen, mitten in einer Wüste. Schüsse erklangen in ihrer Nähe. Ein Krieg? Ein Postkutschen-Überfall? Beim Nähergehen entdeckten sie einen Mann mit Marschallstern, der zusammen mit einem anderen Cowboy in einer Farm verschanzte Banditen beschoss. Offensichtlich landeten die Mädchen beim Duell von Wyatt Earp und Doc Holiday mit dem verschanzten Übeltätern am O.K. Coral. Die beiden Schützen übersahen einen Desperado, der sich von hinten anschlich. Ein Warnruf von Ninvy rette die beiden Cowboys. Nach dem Kampf lehnten die Schwestern die Siegesfeier in einem Saloon mit Whisky ab, was den Pistolenschützen sehr entgegenkam. Denn so brauchten sie niemandem erzählen, dass Mädchen sie retteten. Welcher Held würde so etwas auch gern zugeben?

Ninvy meinte zurückgekehrt im heiligen Kakteen-Hain: „Wer hätte gedacht, dass die Queen so rustikal lebt? Davon abgesehen habe ich mir ihren Garten auch anders vorgestellt. Seltsam, oder?"

Verärgert zischelte Kleckselinchen: „Wenn Du es besser kannst, liebe Schwester, dann zaubere Du uns doch an einen schönen Ort!"

„Schönen Ort? So wie hier?", stichelte Ninvy weiter. „Ach, nein! Du kannst es ja soooo gut, mache nur weiter. Mal sehen, wo wir jetzt landen. Am Nordpol, in einem Löwenkäfig oder auf dem Mond. Ich bin gespannt!"

Am Hof des Zaren?

Wo würde es dieses Mal wohl hingehen? Ins Innere der Erde? Kleckselinchen meinte energisch: „Jeder kann doch AUSNAHMSWEISE einen kleinen Fehler beim Zaubern machen!"

Die Fee schlug schüchtern die Augen nieder, weil ihr einige böse Kommentare auf der Zunge brannten. Andererseits wusste die Fee genau: Sie konnte es auch nicht besser. Vielleicht sogar noch schlechter.

Die schusslige Hexe sprach währenddessen weiter: „Wir reisen jetzt an den Hof des Zaren."

„Oh, weh!", überlegte Ninvy. *„Wo landen wir in Wirklichkeit? In einer Gladiatorenarena zu Zeiten Neros? Genau vor dem Maul eines Löwen? Schließlich ist eine Arena rund wie ein Hain."*

Tja, völlig überraschenderweise – zumindest für die schusslige Hexe – landeten die beiden ganz wo anders, nämlich neben dem Sitz des Orakels von Delphie. Dem Orakel stand der Schweiß auf der Stirn, weil es nicht wusste, was es dem König antworten sollte. In den Krieg ziehen oder nicht? Geschickt die Lage ausnutzend rief das Orakel: „Siehe König! Die Götter senden uns Ihre Boten! Was sagen uns die göttlichen Boten? In den Krieg ziehen oder nicht?"

Ninvy, die wie alle Feen Krieg hasste, rief: „Kein Krieg!", ohne weitere Informationen abzuwarten.

Befriedigt von der Macht der Götter, die ihre Sendboten direkt vor seine Augen zauberten, zog der König dankend ab.

Kleckselinchen spottete: „Ninvy, das Orakel aus dem Feenreich hat gesprochen!"

Dieses Mal antwortete die Fee mit einem lapidaren: „Bäh!"

Ägypten

„Und wo geht es jetzt hin?", erkundigte sich Ninvy. „Nach Karthago? Oder an den Loch Ness?"

„Meine liebe Schwester, Du brauchst gar nicht so schnippisch sein. Wie ich Dir schon sagte: Mache es doch besser."

Klugerweise scharrte die Fee nur verlegen mit den Füßen, bevor die Hexe die nächste Zeitreise startete. Die Mädchen landeten in einem Palmenhain. Außerhalb des Haines riefen bestürzte Arbeiter um Hilfe: Ein angefangener Lehmbau mit Flachdach verlief im Dauerregen im Nichts. „Das Mausoleum des Pharaos verschwindet!", jammerte der Bauaufseher entsetzt. „Welch ein Unglück!"

Ninvy flüsterte ihm von hinten zu: „Baut künftig dreieckige Gebäude aus Stein, an diesen kann das Wasser ablaufen. Diese Pyramiden werden dann ewig stehen."

Der Aufseher drehte sich um, erblickte Ninvy und rief: „Ich werde tun, was die Göttin befiehlt!", und eilte davon, um neue Anweisungen zu geben.

Ironisch flötete Kleckselinchen: „Oh, holde Göttin und Architektin, gebt Ihr Euch noch mit einer normalen Sterblichen ab?"

Rot vor Verlegenheit murmelte Ninvy etwas vor sich hin, das wie: „Blöde Hexe!" klang. Doch das konnte kaum sein, denn niemand würde schließlich seine liebe Schwester so nennen, oder?

Der See

Mit einem lauten „Plopp" landeten die beiden an einem großen See. Dieser sah äußerst tief und unheimlich aus. Sie beschlossen einen kleinen Spaziergang um den landschaftlich schön gelegenen See zu machen. Überall standen Menschen herum, welche auf das unheimliche Wasser starrten. Was konnte es dort bloß Besonderes geben? Es fuhren dort keine Schiffe, niemand badete. Rätselhaft. Warum also dies unbegreifliche Neugier der Leute? Plötzlich schrien alle aufgeregt: „Nessie! Da ist Nessie!" Überrascht schauten die Mädchen ins Wasser. Tatsächlich! Nessie musste sogar ein zweiköpfiges Seeungeheuer sein. Oder gab es im Loch Ness sogar zwei grässliche Seeungeheuer? Auf langen Hälsen schauten zwei Köpfe aus dem Wasser. Gruslig! Unheimlich! Da gerade die Dunkelheit anbrach, schauderten sie noch mehr. Vor allem, als das Ungeheuer auf den Strand in ihrer Nähe zuschwamm. Würde es die beiden geschockten Mädchen verschlingen? Diese harrten wie festgenagelt an ihrem Platz aus, starrten fassungslos auf das sich nähernde Ungeheuer! Es stieg vor ihnen aus dem Wasser, schüttelte sich und ... die beiden erkannten das Alpaka Alpakalinle und das Lama Larrylinchen, welche gerade von einem kleinen Abkühlungsbad an den Strand zurückkehrten. Kleinlaut verschwanden die Mädchen in aller Hast, ohne ihre Gefährten vom Hof zu begrüßen.

Der Rum Hain

Durch einen magischen Hain in der Nähe reisten sie weiter. Wo es wohl dieses Mal hinging? Am Ziel angekommen staunten die beiden nicht schlecht. Sie standen zwischen sieben Fässern Rum, welche hainartig auf einem Holzboden rumstanden. Offensichtlich dünstete der Rum schon aus, denn die Mädchen schwankten leicht. Da bemerkten die beiden, dass nicht sie selbst schwankten, sondern der Boden unter ihnen. Ein Erdbeben? Plötzlich erklang ein entsetzter Schrei: „Der Klabautermann!" Voller Furcht blickten sie sich um. Doch nirgends entdeckten die beiden den Klabautermann. Wo versteckte er sich? Eine Tür wurde aufgestoßen und viele Piraten stürmten in den Laderaum ihres Schiffes. Panisch schrie ein Pirat: „Oh, nein! Es sind sogar zwei Klabautermänner, wie schrecklich!"

Erschrocken erkundigte sich die Fee: „Wo denn? Ich sehe nichts!"

Noch entsetzter kreischten nun die Piraten: „Zwei weibliche Klabautermänner an Bord! Flieht alle, denn Frauen an Bord bringen Unglück!"

Von draußen hörten die beiden platschende Geräusche von den ins Meer springenden Piraten.

„Erstaunlich", meinte Kleckselinchen. „Es gibt also doch etwas, wovor sich sogar Piraten fürchten."

Reise zu König Artus Schloss

Die beiden Schwestern beschlossen es nun nochmals mit dem Hof von König Artus zu probieren. Ein lautes Klingelzeichen ertönte in ihrem heiligen Hain, darauf ein lautes: „Plopp" und sie befanden sich tief in der englischen Geschichte. Tiefstes Mittelalter umgab sie.

„Tja, Schwesterherz, was nun? Dieser heilige Hain steht offensichtlich weit von dem Schloss entfernt. Um uns herum nichts als Wald," meinte die Fee nervös die Hände knetend.

Kleckselinchen meinte forsch: „Egal, wir fragen den nächsten Einheimischen. So berühmt, wie König Artus seinerzeit war, muss ihn jeder kennen."

So irrten die beiden durch den Wald, doch jeder Holzsammler, Wilderer und Pilzsucher hatte noch nie von den Rittern der Tafelrunde gehört.

„Das ist doch seltsam", wunderte sich Ninvy. „Die waren doch so berühmt, dass sie noch heute jeder kennt. Ob wir zu einer falschen Zeit gelandet sind?"

„Nein", erwiderte Kleckselinchen. „Die magische Uhr im heiligen Hain zeigte die richtige Jahreszahl an."

„Ob die Uhr wohl falsch geht?", grübelte die Fee. Unwirsch zuckte die Hexe die Schultern.

Qualmchen

„Huch!", schrie die Fee zutiefst erschrocken. Etwas Kleines sprang hechelnd an ihr hoch. Ein grüner Dackel? Gab es so etwas damals schon?

Kleckselinchen schaltete schneller: „Qualmchen! Bring uns zu Deinem Herrchen Merlin."

Doch der kleine Drache maulte: „So weit laufen? Ich habe schon jetzt Hunger!"

Die Hexe überlegte: „Aha, Qualmchen war also schon vor ein paar hundert Jahren so verfressen. Dann zaubere ich ihm schnell ein paar Drachensnacks." Sie murmelte ein paar Beschwörungen, worauf es komplette Kühe regnete, die zwischen zwei Brötchenhälften lagen. Offensichtlich die Burger der Vergangenheit. Zum Glück wurden die drei von den Rinderburgern nicht erschlagen. Es gelang ihnen zwischen großen Steinen Schutz zu suchen.

Danach futterte Qualmchen sich satt und führte die beiden Mädchen rülpsend zum Schloss. „Was wollt Ihr denn da? Kein Schwein interessiert sich für uns!", meinte der Drache fragend.

Die Schwestern wunderten sich wieder: „Wie konnten diese Helden zu ihrer Zeit so unbekannt sein?"

Im Schloss

Im Schloss angekommen, lernten sie den König, seine Ritter und seine Hofdamen kennen. Es fiel den beiden schwer zu erklären, was „Touristinnen" sind. So beendeten die beiden die verständnislosen Fragen mit der Feststellung: „Wir wollten den Zauberer Merlin besuchen."

Die Gesichter der Schlossbewohner blickten plötzlich verständnisvoll. „Er wohnt drüben im Turm."

Die Schwestern bedankten sich und besuchten Merlin. Der erkannte sie sofort: „Aha! Was macht Ihr denn hier? Wollt Ihr mit Qualmchen Gassi gehen?"

Kleckselinchen erkundigte sich verwundert: „Sie erkennen uns?"

„Ja, klar", antwortete der Zauberer. „Qaulmchen und Sir Ralphus werden Euch nicht erkennen, da die beiden nicht so oft wie ich in der Zeit hin und her reisen. Außerdem seid Ihr ja als sehr kleine Kinder von hier im Krieg geflohen."

Ninvy erkundigte sich: „Wir wissen, dass die böse Fee unsere Mutter war, aber wer ist eigentlich unser Vater?"

Merlin kicherte: „Das wisst Ihr nicht? Da wartet aber eine große Überraschung auf Euch."

Überraschung

Merlin führte noch immer kichernd die beiden zurück in den Thronsaal. „Eure Mutter war zwar sehr böse, aber auch zum Ausgleich sehr kulturell interessiert. Darum fing sie ein Verhältnis mit dem Hofdichter an. Achtet heute Abend auf den Dichter aus diesem Kreis, das ist Euer Vater."

Die Gespräche am Hof gingen den üblichen, langweiligen Gang solcher Ereignisse. Gähnend hörten die Mädchen zu. Seufzend klagte ein Ritter: „Niemand kennt uns! Was sollen wir bloß tun, um bekannter zu werden?"

Vorlaut rutschte es Kleckselinchen heraus: „Sucht doch den Heiligen Gral!"

Fassungslos starrten sie alle an. Da rief der damals schon sehr alte Sir Ralphus: „Das ist die Idee! Wir alle suchen den Heiligen Gral! Darüber werde ich als Euer treuer Hofdichter schreiben und noch mehrere Generationen von Menschen werden bewundernd von den Abenteuern von König Artus und seiner Tafelrunde berichten."

Die Mädchen starrten Sir Ralphus an. Ihr Vater! Hatte er sie ein paar hundert Jahre später auf dem magischen Hof erkannt? Vermutlich nicht, denn im bald folgenden Krieg der Ritter flohen sie ja damals als sehr kleine Kinder.

Wieder ein Geheimnis gelöst. Was wohl als Nächstes herauskam? Im nächsten Buch werden wir es alle erfahren. Es geschieht noch Überraschenderes!

Für heute mache ich mit meinem Bericht Schluss und übergebe nun meiner Frau das Wort, die einiges über Qualmchen zu berichten hat.

Carmen Neubohn

Umzug mit Hindernissen

1. Kapitel:

Qualmchens Begegnung mit den Zwergen

Da Qualmchen es satt hatte, immer im Freien schlafen zu müssen und sich von den anderen piesacken zu lassen, überlegte er sich, ob er sich eine Höhle bauen sollte. Dort würde er es warm und trocken haben, dachte er. Aber zuerst einen Platz dafür finden.

Als Kleckselinchen wieder einmal mit ihm spazieren gehen wollte, winkte er bloß ab: „Ich möchte heute lieber alleine einen Spaziergang im Wald machen", meinte er.
„Was, Du willst ganz alleine in den Wald, wo Du sogar vor dem kleinsten Getier Angst hast?", fragte sie erstaunt.
„Ich habe vor nichts und niemanden Angst", erwiderte er forsch. Doch tief in seinem Innersten gruselte es ihm vor seiner bevorstehenden Aktion.
„Aber glaube ja nicht, dass wir Dich aus der Klemme befreien", warnte ihn Kleckselinchen.
„Ich brauche auch gar keine Hilfe", schmollte Qualmchen und machte sich alleine auf den Weg. „*Ha, ich und Angst haben*", kam es ihm in den Kopf, als er sich in den Wald wagte. Nach einigen Metern wurde es dunkel um ihn. „*Komisch*", dachte er, „*so dunkel ist es hier doch noch nie gewesen.*" Vorsichtig, um sich hertastend schlich er sich langsam vorwärts. Hin und wieder hörte er unheimliche Stimmen und Geräusche.

Schlotternd vor Angst schlich er weiter. *„Warum habe ich mich darauf eingelassen?"*, schoss es ihm durch sein kleines Köpfchen. Nein, zurück wollte er nicht mehr. Er schluckte ein paarmal und trottete vorwärts. Immer tiefer ging es in den Wald. Nach dem Qualmchen viele Stunden so weiter wanderte, kam er auf eine Lichtung. Dort sah er viele Zwerge, die fleißig im Bergbau arbeiteten.

Neugierig fragte er den Oberzwerg, was sie denn da machten.

„Ach", meinte Graubart der Oberzwerg, „wir brauen ein Lager für unsere Vorräte."

„Was für Vorräte?", erkundigte sich Qualmchen.

„Das wird unser Notlager für Essen und Trinken", gab der Oberzwerg unvorsichtigerweise zur Antwort.

Bei diesen Worten lief Qualmchen das Wasser im Mund zusammen: „Habt Ihr etwas zum Essen hier? Und wenn ja, könnte ich etwas davon bekommen? Ich habe vergessen, etwas zum Essen mitzunehmen."

Graubart schaute ihn an: „Na, ja, ein bisschen können wir ja abgeben. So viel wirst Du ja nicht brauchen", meinte der Oberzwerg. Plötzlich hörte man ein dumpfes Grollen. „Nanu, kommt da ein Unwetter?", erschrak der Oberzwerg und schaute in den Himmel. Nein, die Sonne schien und kein Wölkchen war dort zu sehen. Nochmals hörte man das Grollen, nun aber lauter.

„Ich fürchte, das war mein Magen", lachte Qualmchen.

Verblüfft sah Graubart auf. „Sag mal, bist Du etwa der Zwergdackel, der dauernd Hunger hat?"

„Was heißt da Zwergdackel, ich bin Qualmchen, der größte und gefährlichste Drache, den es gibt", fauchte Qualmchen. „Und jetzt her mit dem Futter, sonst brenne ich Euren Bau zusammen."

Aus Furcht, Qualmchen könnte seine Drohung wahrmachen, rief Graubart alle Zwerge zu sich und ordnete an, dass man die mitgebrachten Essensvorräte zu Qualmchen bringen sollte.

Bekümmert sahen die Zwerge zu, wie das ganze Essen nach und nach in Qualmchens Mägelchen verschwand. Kaum war der letzte Bissen verschlungen, da fing Qualmchen an zu meckern: „Was, war das schon alles? Für mich war das erst die Vorspeise, wo bleibt der Nachtisch?"

„Das war alles, was wir da hatten", bekam er zur Antwort. Und wütend schallte es ihm in die Ohren: „Du hast unsere ganzen Essensvorräte verschlungen, Du Gierschlund!" Qualmchen quengelte, dann sollten sie Nachschub holen. Der Oberzwerg schaute ihn scharf an und erklärte ihm, dass er darauf nicht hoffen bräuchte, da der Weg nach Hause lang wäre. Qualmchen schaute enttäuscht. „Wohnst Du nicht auf dem Hof, wo so viele verschiedene Tiere sind?", erkundigte Graubart sich. „Und warum lässt man Dich allein in den Wald gehen, wo doch jeder weiß, wie viel Angst Du im Wald hast?"

„Ach, ich möchte denen bloß zeigen, dass ich keine Angst habe, alleine im Wald spazieren zu gehen. Ich suche mir eine Höhle, wo ich es warm und gemütlich habe. Auf dem Hof habe ich eigentlich keinen richtigen Schlafplatz."

„So, so, nun das ist ja nicht verwunderlich, wenn man bedenkt, dass Du beim Schnarchen eventuell Feuer spuken könntest", grinste Graubart. „Aber verstehen kann ich Dich, wer möchte schon gern im Freien schlafen. Nun wird es für Dich Zeit umzukehren, es wird langsam dunkel und dann kann es sein, dass Du nicht wieder nach Hause findest, also Adieu!" So sprach der Oberzwerg, sammelte seine Zwerge, um sich im Bergwerk hungrig zur Ruhe zu begeben. Zu ihnen sprach er: „Wir wollen gleich morgen früh Essen zusammen suchen, jetzt ist es zu dunkel dafür." Die Zwerge nickten traurig und zogen sich langsam zurück.

Auch Qualmchen ging langsam durch den schwarzen Wald. Da kam ihm eine Idee. Das Bergwerk! Daraus eine Höhle machen?

Weitere Überlegungen kamen nach: Wie die Zwerge dazu überreden? Belohnung anbieten, wenn ja, welche? Stirnrunzelnd, überlegend kam er zum Hof zurück.

Kleckselinchen, Sir Ralphus und die anderen liefen ihm entgegen: „Wo warst Du so lange, wir haben uns schon Sorgen gemacht!"

Qualmchen freute sich darüber, dass sie sich um ihn Gedanken gemacht hatten. Doch es stand fest, er würde seine Höhle schon noch bekommen!

2. Kapitel:

Qualmchen in Not

Abends auf seinem Schlafplatz überlegte Qualmchen, wie er am besten zu seiner Höhle kommen würde und darüber schlief er ein. Als er morgens aufwachte, blinzelte er verwirrt. Er sann darüber nach, was er nachts geträumt hatte. War es wirklich, dass er als großer Drache einen Goldschatz fand und ihn so scharf bewacht hatte, bis er klein geworden ist? Aber wo versteckte er den Schatz? In einer Drachenhöhle vielleicht? Qualmchen sinnierte so lange, bis sein Kopf zu qualmen anfing.

„Guten Morgen Qualmchen, ist Dir so kalt, dass Du Dich warm qualmen musst?", begrüßte ihn Kleckselinchen. „Dann kannst Du ja gleich meinen Herd anzünden."

„Guten Morgen Kleckselinchen! Was soll das heißen, ich soll Deinen Herd anzünden? Das kannst Du doch selber, bist ja schließlich eine Hexe! Oder hast Du Angst, dass Du Dein Haus anzündest?" stichelte Qualmchen. Sprach's und ließ die Hexe fassungslos zurück.

„He, willst Du kein Frühstück?", rief sie hinterher.

„NEEEIIIN! Habe was Besseres vor!", scholl es zurück.

Entgeistert sah Kleckselinchen, wie Qualmchen, der kleine Zwergdrache, im Wald verschwand. „Was ist bloß los mit ihm?", fragte sich Kleckselinchen. Sie zuckte mit den Schultern und ging ins Haus zurück um für sich und ihre Schwester das Frühstück zu machen.

Qualmchen lief aber frohgemut zu der Lichtung, wo er gestern die Zwerge gesehen hatte. Mit einem fröhlichen: „Guten Morgen!", wollte er die Zwerge begrüßen. Aber kein Zwerg war zu sehen.

Auch sie waren alle schon auf den Beinen und machten sich jetzt auf die Suche nach Essbarem, da der Drache gestern den gesamten Essensvorrat verschlungen hatte. Da keiner in Sicht war, dachte sich Qualmchen, dass er ja sich mal im Bergwerk umschauen könnte. Vielleicht wäre es möglich, daraus eine Höhle zu machen. Er ging zum Eingang und schaute erst einmal hinein. „*Na, ja*", überlegte sich Qualmchen. „*Der Eingang und der vordere Teil sehen ja ziemlich vielversprechend aus. Alles schön breit, so dass man es sich sehr bequem machen könnte.*" Vorsichtig tappste der kleine Drache in das Bergwerk. Da war zunächst ein Gang zu sehen, aber weiter hinten gab es eine Abzweigung nach der anderen. Ab und zu blieb er stehen und horchte, ob die Zwerge schon in der Nähe waren. Er spitzte seine Lauscher und tatsächlich machten sich Stapfgeräusche bemerkbar. Schnell wuselte Qualmchen aus der Höhle. „*Puh*", schoss es ihm durch den Kopf, „*gerade noch mal gutgegangen. Ich glaube, die Zwerge wären nicht zu glücklich gewesen, wenn sie mich in der Höhle ertappt hätten.*" Rasch suchte er sich ein weiches Plätzchen und machte es sich gemütlich. Aber ach, das war ja gar kein samtiges Moosplätzchen, es war ein Moorteich, auf dem auf der Oberfläche Moos gewachsen war. „Mist, wie komme ich da wieder raus?" Es bliebt mit nichts anderes übrig, als um Hilfe zu rufen.

Der kleine Drache schrie aus Leibeskräften um Hilfe, musste jedoch bemerken, dass er immer mehr einsank, je mehr er nach Hilfe brüllte. Noch kein Zwerg war zu sehen und er steckte schon fast bis zum Nabel im Moor. „Ich armer, kleiner Drache", schniefte Qualmchen. „Ich muss hier versinken und keiner zieht mich hier raus. Schnief, Schnief! Ich probiere es noch ein letztes Mal und wenn dann keiner komm, dann…." Er schluckte tief bei diesem Gedanken und spie mit dem Hilfeschrei Feuer. Vom Rauch angelockt, kamen die Zwerge rasch näher an den Unglücksort. Als sie hörten, wie sehr da jemand in seiner Not litt, eilten sie sofort zu ihm, um zu helfen. Abrupt blieben sie stehen, da sie vor lauter Feuer und Rauch nichts mehr sahen. Hustend mussten sie umkehren. „Wer ist denn so bloß so dumm, hier sich hinzusetzen und einfach ein Feuer anzuzünden? Ob das der kleine Zwergdackel von gestern ist? Lass uns mal nachsehen. Aber zunächst müssen wir das Feuer löschen und den Rauch beseitigen." Gesagt, getan. Mit dicken Staubwedeln und vereinten Kräften konnten nun das Feuer und der Rauch gelöscht werden. Keuchend standen sie jetzt vor der nächsten Aufgabe: Qualmchen retten! Erschrocken blickten sie auf das kleine Etwas, das aus dem Moor heraus schaute. Von Qualmchen waren jetzt nur noch der Kopf und die Ärmchen zu sehen. Ein Zwerg kam mit einem dicken Seil daher. „Ich werfe Dir jetzt ein Seil zu, versuch es zu fangen."

Qualmchens Augen blickten verstört. Langsam nickte der Drache mit dem Kopf, um ja nicht mehr einzusinken. Der erste Versuch scheiterte, der Wurf war zu kurz. Der zweite Wurf war weit daneben. Aber jetzt! Der dritte Wurf kam so nahe an Qualmchen, dass er das Seil mit den Ärmchen greifen konnte. Mit der restlichen geballten Kraft zogen die Zwerge Qualmchen aus seinem Gefängnis. Beim letzten Hauruck-Ruf machte es ein lautes „PLOPP!" und Qualmchen flog genau auf die Zwerge. Plumps, da lagen sie. Langsam schnaufend erhoben sich die Gestalten und schauten sich an. Wie sahen sie alle aus! Verschmutzt von Rauch und Moor. Streng sahen die Zwerge Qualmchen an. „Ha, sieh einer an", rief Graubart, „wen haben wir da aus dem Schlamassel gezogen? Wie bist Du auf die Idee gekommen, auf den Moorteich zu gehen? Du hattest doch nicht vor Dich…?"

„Nein, nein! Ich wollte auf Euch warten und dann sah ich dieses Moos und dann...", schluchzte Qualmchen.

„Du dachtest wohl, Du könntest Dich da hinsetzen. Aber wenn man weiß, dass unter dem Moos sich Moor verbirgt, dann kann das nicht passieren!", erriet der Oberzwerg Qualmchens Gedanken.

„Nun, Du bist jetzt um eine Erfahrung reicher. Setze Dich nicht hin, bevor Du sicher bist, dass man geschützt ist!" Qualmchen nickte erleichtert, darob er nicht mehr zu hören bekam. „Na, komm mal mit in die Höhle, da kannst Du Dich sauber machen und vom Schreck erholen. Und dann erzähl uns, warum Du uns besuchen kommen willst."

3. Kapitel

Die Suche nach einer neuen Bleibe

Nach dem Frühstück saßen sie alle im Kreis und Qualmchen erzählte von seinen Plänen. Da bekam er vom Erzählen rote Bäckchen und seine Augen strahlten vor Begeisterung. Seine Höhle sollte groß sein, mit vielen Räumen. Ein paar Schlafzimmer zum Ausruhen, viele große Säle für seine Futtervorräte und so weiter. Als er mit seiner Schilderung fertig war, schaute er erwartungsvoll in die Runde. „Hm", meinte Graubart, der Oberzwerg. „Und wo soll Deine Höhle sein?"

„Tja", seufzte Qualmchen lebhaft. „Ich habe mir gedacht, dass ich vielleicht Euer Bergwerk ..." Der Schluss ging in ein Flüstern über, als Qualmchen das Kopfschütteln seiner Gastgeber sah.

„Nein, nein, nein", riefen sie alle in einem Chor. „Das kommt überhaupt nicht in Frage!"

Enttäuscht blickte Qualmchen zu Boden. „Aber wo soll ich suchen?", fragte er.

„Du bist vielleicht gut", brummte der Oberzwerg. „Glaubst Du nicht, dass Du uns schon genug Scherereien gemacht und uns bei unserer Arbeit aufgehalten hast, ganz zu schweigen von unseren Vorräten, die Du so in Dich hineingestopft hast? Meinst Du wirklich, dass wir Dir zum Dank unser Bergwerk dafür geben? Denk nach, mein kleiner Freund, was Du da von uns verlangst!"

Betreten schaute Qualmchen in die Runde. Da schoss ihm ein Gedanke durch den Kopf und er überlegte sich, wie er es den Zwergen schmackhaft machen konnte. „Wie wäre es, wenn ich Euch dafür bezahlen würde?", fragte er.

„So, Du willst uns bezahlen? Mit was denn?", erkundigte sich Graubart. „Hast Du denn überhaupt etwas, womit Du uns entlohnen könntest?"

„Na ja", gab Qualmchen zur Antwort. „Vor langer Zeit habe ich einen Schatz gefunden, den sollt Ihr bekommen, wenn Ihr mir dafür das Bergwerk überlasst. Natürlich sollt Ihr es so ausbauen, wie ich es mir vorstelle."

„Da müssen wir uns erst absprechen, aber eine Zusage kann ich Dir noch nicht geben", erwiderte Graubart. „Du verstehst wohl, dass wir uns nicht voreilig entscheiden können. Geh' nun nach Hause, morgen sollst Du unsere Antwort bekommen."

Qualmchen bedankte sich für alles und verabschiedete sich von ihnen. Er hüpfte frohgemut nach Hause, wo die Hofbewohner alle schon nach ihm Ausschau hielten.

„Wo warst Du so lange? Wo bist Du gewesen? Du musst doch hungrig sein! Du warst so lange weg!", riefen alle durcheinander. Ja, hungrig war Qualmchen. Seine Freunde brachten ihm sein Futter und der Drache aß mit Behagen alles auf. Danach überfielen sie ihn mit den gleichen Fragen, mit denen sie ihn empfingen.

„Ihr wollt wissen, wo ich war? Nun ich habe einen Spaziergang im Wald gemacht."

„Was, Du alleine im Wald! Du hast doch sonst immer Angst, wenn wir mal da reingingen", staunten alle.

„Ha, ich habe doch keine Angst vor wilden Tieren. Ich bin doch der größte und gefährlichste Drache von der ganzen Welt!", rief er stolz.

„Dann bist Du wohl auch der einzigste Drache, den es gibt!", kommentierte Sir Ralphus. Nach einem erquickenden Schlaf ging Qualmchen zu Sir Ralphus und Kleckselinchen. Die beiden saßen da und genossen Kaffee und Kekse, nachdem sie die Tiere gefüttert hatten.

„Na, hast Du Dich erholt Qualmchen? Nun erzähle mal, was Du gemacht hast."

Qualmchen berichtete über seine Abenteuer mit den Zwergen, von der Höhle ließ er nichts verlauten.

„Das kann auch nur Dir passieren, einfach so auf's Moor zu sitzen. Wo doch jeder wissen sollte, dass das nicht gerade gesund, sondern geradezu gefährlich sein kann", erwiderte Kleckselinchen.

„Sir Ralphus, Kleckselinchen. Ich möchte Euch verraten, was ich vorhabe. Könnt Ihr es aber für Euch behalten?" Der kleine Drache sah seine Freunde fragend an. Beide nickten mit dem Kopf. „Aber es darf auch wirklich niemand davon wissen!", betonte Qualmchen.

„Wenn Dir so viel daran liegt, Qualmchen, dann bleibt das unter uns", versprachen die Freunde.

„Also", schnaufte Qualmchen, „ich habe vor, mir eine Höhle zu suchen. Ich möchte ein eigenes Heim haben, ein kuschliges Plätzchen mit vielen Vorratskammern für meinen Futtervorrat. Ihr wisst ja, welchen großen Hunger ich immer habe."

So, jetzt war es heraus. Mit großen Augen blickten sich Sir Ralphus und Kleckselinchen an.

„Ach, deshalb bist du so schnell gelaufen", flüsterte Kleckselinchen.

„Aber hast Du schon eine?", erkundigte sich Sir Ralphus.

„Wenn ich Glück habe, habe ich vielleicht schon morgen eine."

„Wenn Du Glück hast?" Skeptisch beäugte Sir Ralphus Qualmchen.

„Also wenn es klappt, dann bekomme ich das Bergwerk der Zwerge als Höhle. Aber sie müssen erst beratschlagen, morgen bekomme ich Bescheid. Und wenn mein Wunsch in Erfüllung gehen soll, dann brauche ich Eure Hilfe", klärte Qualmchen sie auf. Er berichtete, dass er vor vielen Jahren einen Drachenschatz gefunden hatte. Nur wo er den Schatz versteckt hatte, das wusste er nicht mehr. „Da kommt Ihr beide ins Spiel! Ihr müsste mir helfen, den Schatz zu finden!", forderte Qualmchen sie auf.

„Du meinst wir sollen Deinen Schatz suchen. Du bist vielleicht lustig. Wenn Du nicht mal weißt, wo und wann Du ihn versteckt hast, so kann das Jahre dauern", ächzte Kleckselinchen.

„Aber ich möchte die Höhle so gern und dazu brauche ich den Schatz unbedingt. Ich muss die Zwerge ja damit bezahlen."

„Na, sieh erst mal zu, ob die Zwerge überhaupt gewillt sind, Dir das Bergwerk zu überlassen", bemerkte Sir Ralphus.

4. Kapitel:

Die Entscheidung der Zwerge

Voller Erwartung eilte Qualmchen zur Zwergenlichtung. *„Wie mag es wohl ausgegangenen sein?"*, dachte er. Bei seiner Ankunft wurde er von niemandem begrüßt und pflanzte sich vor den Höhleneingang hin. Kein Wunder! Die Diskussion verlief bis in die frühen Morgenstunden. Manche von ihnen mochten ihn, wegen seiner Tollpatschigkeit und wollten ihm, auch wenn er sie geärgert hatte, die Höhle schenken. Dagegen revoltierten aber die anderen Zwerge. „So nicht! Bezahlen muss sein!" Die Debatte ging hin und her. Es sollte ja auch an sie selbst gedacht werden und schauen, wo man selber blieb. Denn die Zwerge brauchten eine neue Unterkunft. Währenddessen wartete Qualmchen vor der Höhle. *„Komisch, wo bleiben die bloß?"*, ging es ihm durch den Kopf. Er robbte sich näher an den Eingang und horchte. „Ja, sie sind da. Gott sei Dank. Ich dachte schon, sie hätten sich Frühstück gesucht." Tatsächlich hörte man, wie in der Höhle herum geschlurft wurde. Die Zwerge hatten noch keine rechte Erholung gehabt. Wovon auch? Nach langer Zeit kam einer nach dem anderen an das Licht und sah Qualmchen vor sich. „Guten Morgen! Was ist denn mit Euch los, Ihr seht sehr schlapp aus?", erkundigte sich Qualmchen.

„Guten Morgen! Was wunderst Du Dich?", empfing Graubart den Drachen. „Wir haben bis heute morgen diskutiert. Es war keine leichte Entscheidung."

„Und wie habt Ihr entschieden?", wisperte Qualmchen fragend.

„Du kannst froh sein, dass Du ein paar Freunde gefunden hast. Es war eine hitzige Debatte, die wir da hatten. Nun kurz und gut: Du bekommst die Höhle bei entsprechender Bezahlung", erwiderte Graubart. „Deine Freunde wollten sie Dir umsonst geben, die anderen überhaupt nicht. Der Kompromiss lautet also ja, Du bekommst die Höhle und den Ausbau, aber nur gegen Bezahlung. Das ist die Bedingung der anderen Partei. Bist Du nun zufrieden?", fragte Graubart.

Qualmchen wollte vor Freude die Zwerge umarmen. Doch da er so klein war, erreichte er es nur, die Zwerge zu berühren. „Danke, danke, vielen Dank!", jubelte Qualmchen. „Können wir jetzt gleich beginnen, die Höhle auszubauen?" Jetzt hatte Qualmchen es aber eilig.

„So schnell geht das nicht. Wir müssen für uns noch eine Möglichkeit suchen, wo wir unterkommen sollen. Die Unterkunft müsste hier in der Nähe sein, da wir ja Deine Höhle ausbauen sollen. Sie darf nicht so weit weg sein!"

„Ich helfe Euch beim Suchen!", erbot sich Qualmchen an.

„Danke, das Angebot nehmen wir an", freute sich Graubart und mit ihm seine Genossen. „Also los! Wir teilen uns am besten in zwei Gruppen. Die eine geht mit dem Drachen und die zweite Gruppe mit mir", bestimmte Graubart. Er gab der ersten Gruppe eine Pfeife, die zweite steckte Graubart in seine Manteltasche. Die hatte er des Nachts noch gefertigt.

„Mal sehen, ob sie auch funktionieren", meinte Edi. Er mochte Qualmchen. Edi schob die Pfeife in seinen Mund und blies hinein. Es erscholl ein lauter Pfiff, bei dem alle zusammenzuckten. „Mann, ist die laut", staunte ein Zwerg, den man Felix rief.

„Natürlich muss sie laut sein", lachte Graubart, „man soll sie ja auch hören können."

Man trennte sich nun. Die Gruppe mit Qualmchen, bei der auch Edi und Felix dabei waren, schlug einen Weg in die linke Richtung ein, die andere mit Graubart nahm sich die rechte Seite vor.

Nach einiger Zeit entdeckte Qualmchen eine Höhle, deren Eingang mit Gebüsch verdeckt war. „Schaut mal", rief der Drache seine

Freunde zu sich. „Wäre diese Höhle nicht gut?" Edi, Felix und die anderen schafften das Gebüsch zur Seite und untersuchten ihr eventuelles neues Zuhause. „Hm, groß genug wäre sie, trocken und warm", freuten sie sich.

„Also, dann pfeife ich." Qualmchen nahm die Pfeife in den Mund und ehe seine Freunde ihn davon abhalten konnten hinein zu pfeifen, pustete der Drache und... spie Feuer, das die Pfeife nicht überlebte. Die Asche rieselte an Qualmchens rundem Bäuchlein hinab. Entsetzt blickten alle auf das, was einst die Pfeife war.

„So, und wie wollen wir nun die anderen rufen?", fragte Edi.

„Soll ich nicht ein Lagerfeuer machen?", überlegte Qualmchen.

„Sag mal, spinnst Du? Willst Du den Wald abbrennen?", gab der nächste Zwerg zu bedenken.

Da standen sie nun alle herum und überlegten. Felix meinte: „Es gibt eigentlich nur zwei Möglichkeiten. Entweder wir suchen die andere Gruppe oder wir machen ein Lagerfeuer, wie Qualmchen vorgeschlagen hat. Aber das müssen wir dann selber machen. Das kann man nicht Dir überlassen. Das verstehst Du doch Qualmchen, oder?"

Der kleine Drache nickte betrübt. „Ja, Du hast recht Felix. Ich bin doch zu sehr feurig. Aber ich bin froh, dass Ihr zu mir haltet und es mir nicht übel nehmt."

„Also, was machen wir? Suchen oder Lagerfeuer?" Edi schaute in die Runde. „Sollen wir abstimmen oder gleich das Feuerchen machen?"

Alle stimmten für das Lagerfeuer, denn zum Suchen hatten sie keine Lust mehr. Schnell wurde Platz gemacht, alles zur Seite geschoben, was nicht brauchbar war.

Man suchte zuerst Steine, die den Lagerplatz begrenzen sollten, denn das Feuer sollte nicht darüber hinaus gehen. Nun wurde kleines Gehölz zusammen geklaubt und schön geschichtet. Manu, ein weiterer Zwerg, rieb zwei Stöckchen aneinander und bald erschien zuerst ein kleines Rauchwölkchen, dann sprühten ein paar Funken, was letztendlich schließlich zum Ziel führte. Fröhlich prasselte das Feuerchen vor sich hin, wobei ein schmaler Rauchstreifen in die Höhe ging. „Hoffentlich wird das auch gesehen", meinte Edi.

„Warum nicht", kam es von Manu. „Woher sollen die anderen wissen, dass wir das sind? Sie wissen doch nicht, dass unsere Pfeife hinüber ist", erklärte Edi.

Während sie darüber nachdachten, ertönte ein lauter Pfiff. Erschrocken blickten sie umher. Woher kam der Pfiff? Es schien unmöglich, dass die Chef-Gruppe den schmalen Rauchstreifen schon gesehen hatte. Da ein zweiter Pfiff! Der war dieses Mal näher zu hören. Nun wurden eilige Schritte bemerkbar und kurze Zeit später kam die Chef-Gruppe in Sichtweite. „Na, da staunt Ihr, was?", frohlockte Graubart.

Edi, Felix und Manu fragten: „Wie habt Ihr uns so schnell gefunden?"

Lächelnd gab der Chef zur Antwort: „Die Wege, die wir gelaufen sind, waren teilweise undurchdringlich, so dass wir mehrmals umkehren mussten. Unser Timothy", und dabei wies er auf den kleinsten Zwerg hin, „hat zuerst diese Rauchsäule gesehen und hat mich darauf aufmerksam gemacht. Wir haben ungefähr die Richtung eingeschlagen, die Ihr benutzt habt. Und seht, da sind wir! Habt Ihr wenigstens Glück gehabt und etwas gefunden?"

Aufgeregt zogen Edi und Felix ihren Chef zum Höhleneingang. „Sieh, eine Höhle. Und wir haben sie auch ein bisschen angeschaut. Es ist alles da. Schlaf-, Wohn-, und Lagerräume. Wir brauchen nur einzuziehen." Graubart schaute sich sehr gründlich um und gab seine Zustimmung.

5. Kapitel:

Vorbereitungen

Nachdem die neue Zwergenunterkunft für gut befunden und bezogen wurde, konnte der Umbau des Bergwerkes zur Drachenhöhle besprochen werden. Qualmchen hatte so viele Wünsche, z.B. zwei Speisekammern. Dazu eine Eiskammer, in der das Essen eingefroren und mindestens zwei weitere, wo die Nahrung für den baldigen Verbrauch gelagert werden konnte. Dann dachte er noch an mehrere Schlafkammern und – ja – ein Badesee sollte auch nicht fehlen. Die Zwerge glaubten nicht recht zu hören. „Du", betonte Graubart, „willst einen Badesee in der Höhle haben? Das geht beim besten Willen nicht."

„Warum nicht?", fragte Qualmchen. „Kann man denn nicht nach einem Brunnen graben?"

„Hm, hm. Du stellst Dir wohl alles zu leicht vor. Nun, wir werden schauen, ob das möglich ist", erwiderte der Chef. „Aber", und hob den Zeigefinger in die Höhe, „das muss extra bezahlt werden. Es macht ja mehr Arbeit. Und außerdem, war von einem Badesee nie die Rede." So wurde also alles ausgehandelt.

Fröhlich hüpfte der kleine Drache zum Hof. Als er Sir Ralphus und Kleckselinchen sah, jubelte er mit den Händen fuchtelnd ihnen zu: „Hurra, es hat geklappt. Ich bekomme das Bergwerk. Jipih!" Strahlend schnaufend hielt Qualmchen vor den beiden an.

„So! Du hast das Bergwerk also bekommen", sagte Sir Ralphus resigniert.

„Wir haben gehofft, dass das nicht der Fall sein würde", seufzte Kleckselinchen.

Die drei begaben sich in Kleckselinchens Häuschen.

„Wir müssen uns jetzt überlegen, wie wir zu Deinem Schatz kommen", erklärte Sir Ralphus. „Was für Möglichkeiten haben wir?" Der Zauberer zählte sie mit den Fingern auf: „Meine Zauberkugel, Kleckselinchens Kristalkugel und Zeitreisen können wir eigentlich auch machen. Im Notfall, aber auch nur dann, müssen wir durch Zauberei uns auf den Weg machen."

„Au ja, fangen wir an", quengelte Qualmchen.

„Halt, halt", nuschelte Sir Ralphus, „das muss geplant werden. Überlege mal, wann ganz genau und wo Du den Schatz gefunden und versteckt hast. Das würde uns schon sehr helfen." Das kleine Feuerungeheuer stand jetzt vor einer schier unlösbaren Aufgabe! „Wenn Du etwas haben möchtest, dann musst Du auch etwas dafür tun", ermahnte ihn der Zauberer. „Ohne Fleiß kein Preis!"

Der kleine Drache saß nun da und dachte, bis ihm der Qualm aus dem Kopf stieg.

Kleckselinchen bekam Angst um ihr Häuschen und schob Qualmchen hinaus. „Denke lieber draußen weiter nach, ich möchte nicht, dass mein Haus abbrennt", entschuldigte sie sich. Qualmchen überlegte und überlegte. Sein Köpfchen rauchte immer mehr, so dass er vor lauter Rauch nicht mehr zu sehen war. Die Bewohner des Hofes schauten entsetzt in die Richtung, in der langsam eine schwarze Rauchsäule emporstieg.

„Um Gottes willen, Kleckselinchens Haus brennt", schrien sie. „Schnell, wir müssen eine Löschkette bilden!" Alle halfen mit, auch Alpakalinle, Larrylinchen, der Panda und das Kamel. Sie bildeten eine Reihe vom See bis zur vermeintlichen Feuerstelle. Sämtliche Eimer wurden verteilt und mit der Löschaktion begonnen.

„He, was soll das?", empörte sich Qualmchen, nachdem er bereits die ersten drei Eimer Wasser über den Kopf geschüttet bekam.

Sowie Qualmchens Stimme zu hören war, rief Alpakalinle, welches das Wasser ausschüttete: „Halt, stopp. Es reicht."

Es gab ein Geschepper, als die Eimer abrupt aneinanderstießen. Aus der Rauchsäule kam der kleine Drache zum Vorschein „Kann man hier eigentlich nicht einmal in Ruhe überlegen?", klagte er.

„Du warst das? Wir dachten, Kleckselinchens Häuschen würde abbrennen", erwiderte Alpakalinle. „Wie hast Du es fertiggebracht ohne Feuer zu spucken so zu qualmen?", erkundigte es sich.

Kleckselinchen und Sir Ralphus kamen nun auch zum Vorschein. „Liebe Freunde, seht da ist unser kleiner Drache. Er möchte uns verlassen und ganz einsam in einer Höhle wohnen. Er hat die Zwerge im Wald dazu gebracht, dass sie ihm ihr Bergwerk überlassen und es gegen Bezahlung in eine bewohnbare Behausung umbauen. Und darum muss er sich ausdenken, mit was er die Zwerge entlohnen kann", gab Sir Ralphus bekannt.

„Was, Qualmchen will uns verlassen? Nein, das kann er uns nicht antun!" Entgeistert sahen die Hofbewohner sich an.

„Wir können Dich nicht umstimmen?", quietschte der Panda weinerlich.

„Nein, und nochmals nein! Ich habe mich endgültig entschieden", unterstrich der Drache seine Entscheidung. „Aber ich habe jetzt Wichtigeres zu tun, als mit Euch darüber zu reden", sprach's und verschwand im Haus.

Traurig marschierte die Löschkolonne zum Hof zurück. Sir Ralphus und Kleckselinchen blickten sich an, zuckten mit den Schultern und kehrten in das Hexenhäuschen zurück, wo der Drache bereits einen Sessel für sich belegte.

6. Kapitel:

Weitere Vorbereitungen

Da es inzwischen später Nachmittag geworden war, saßen jetzt alle bei Kaffee und Keksen. Nebenbei beratschlagten sie, wie die Suche nach dem Drachenschatz angepackt werden sollte. „Wir alle wissen, dass unsere Zauberkünste nicht die Besten sind, das muss man berücksichtigen", fing Sir Ralphus an. „Auch Du Kleckselinchen solltest langsam eingestehen, dass Deine Hexensprüche oft nicht so ausfallen, wie sie eigentlich gedacht waren."

Die arme Hexe nickte beschämt. „Leider ist es wahr, obwohl ich mir so viel Mühe mache." Tränen stiegen ihr dabei in die Augen.

„Na, Kleckselinchen, nun weine nicht. Wir wissen, dass Du nur Gutes im Sinn hast, bei Deiner Hexerei", tröstete Sir Ralphus. „Qualmchen, Dir ist wohl kein Fünkchen aufgegangen, wo der Schatz sein könnte?", wandte sich der Zauberer an den kleinen Drachen.

„Tja, vorher ging mir ein Gedanke durch den Kopf, aber jetzt ist alles wie weggewaschen", gab er zu.

Inzwischen hockten sie zu viert herum, da die scheue Fee dazu gekommen war, und überlegten bis in den Abend hinein. „Es hat keinen Zweck mehr, heute noch etwas zu beschließen. Gehen wir ins Bett und überschlafen das Ganze. Wer weiß, vielleicht bekommt ja einer heute Nacht einen Geistesblitz", sprach Sir Ralphus, stand auf, verabschiedete sich und schlurfte hinaus. „Eine gute Nacht, wünsche ich Euch noch", rief er hinein, während er schon aus dem Häuschen hinaus war.

„Auch Dir gute Nacht, Sir Ralphus", flüsterte Qualmchen. „Ich kann nichts mehr denken, so ausgedörrte ist mein Kopf."

„Vielleicht hat der Wasserguss, den Du vorher abbekommen hast, Dir ein paar Ideen eingegossen", witzelte Kleckselinchen.

„Wie können Ideen denn wachsen?", fragte die Fee Ninvy.

„Hör nicht auf sie Qualmchen, sie hat doch nichts mitbekommen", flüsterte Kleckselinchen. „Kommt, wir räumen auf und dann gehen wir auch zu Bett."

„Worum geht es eigentlich?", erkundigte sich Ninvy.

„Es geht darum, dass Qualmchen irgendwann und irgendwo einen Schatz gefunden und versteckt hat, und den will er jetzt wiederhaben", erklärte Kleckselinchen, ihrer Schwester.

„Ach, so? Und darüber macht Ihr alle ein solches Geheimnis? Aber wozu braucht er einen Schatz, er hat ja uns!", stellte Ninvy schließlich fest.

Kleckselinchen verdrehte die Augen. Nach einem kurzen Blickwechsel mit dem Drachen machte sie Ninvy mit Qualmchens Vorhaben bekannt.

„Was, Du willst von hier weg? Schade, dann habe ich keinen Vorkoster mehr", bemerkte die Fee. „Also kommt, gehen wir auch schlafen, damit wir morgen wieder zu neuen Taten fähig sind."

Am nächsten Morgen, wachten alle drei gleichzeitig auf. Wie auf Kommando riefen sie: „Ich hab' eine Idee!" Verdutzt sahen sich alle an und fingen an zu lachen.

„Am besten ist es, wir warten noch auf Sir Ralphus. Dann kann jeder seine Idee vortragen. Lasst uns inzwischen Frühstück machen", bestimmte Kleckselinchen.

Kaum waren das Morgenmahl und der Frühstückstisch hergerichtete, kam auch Sir Ralphus angeschlurrt. „Guten Morgen, guten Morgen Ihr Lieben", nuschelte er froh vergnügt.

„Ebenfalls guten Morgen, Sir Ralphus", hallte es ihm entgegen. „Sir Ralphus, hast Du wieder mal Dein Gebiss vergessen? Man versteht Dich ja kaum. Geh, zurück und komm wieder, wenn Du vollständig angezogen bist, Du hast ja noch Deine Schlafmütze auf", sprach Qualmchen und versuchte den alten Freund aus der Tür zu schieben.

„Oje, das habe ich doch tatsächlich vergessen", murmelte der Zauberer und tippte auf seinen Mund.

„Schlaf aber unterwegs nicht ein", hallte es ihm nach.

Einige Zeit später, war die Runde endlich vollständig. Jeder wollte erzählen, was für eine Idee man bekommen hatte. „Nur langsam, einer nach dem anderen. Ihr habt alle eine Idee, nun auch mir ist ein Gedanke gekommen. Sollen wir auslosen, wer zuerst anfangen darf oder geht Alter vor Schönheit?", fragte er.

„Wenn es nach Alter geht, dann muss die Entscheidung zwischen Dir und Qualmchen fallen. Und da unser kleiner Freund schöner ist, geht die Runde an ihn", bestimmte Kleckselinchen.

„Na, was ist, willst Du den Anfang machen?", fragte Sir Ralphus.

„Nein, fang Du mal an, ich überlasse Dir als dem weisen mächtigen Zauberer den Vortritt."

Dankend nahm der alte Greis dies zur Kenntnis und begann zu erzählen. Während Sir Ralphus seine Idee vortrug, hörten die anderen drei mampfend zu. Langsam aber wurden die Knabber- und Schlürf-geräusche leiser, bis sie letztendlich ganz verstummten. „Das ist meine Idee!"

„Nein, meine, meine, meine", empörten sie sich.

Fragend blickte der Zauberer sie der Reihe nach an. „Ihr habt alle den gleichen Gedanken gehabt?", staunte er nicht schlecht.

„Also, wenn wir alle das Gleiche geträumt haben, dann muss das ja eine gute Idee sein", freute sich Qualmchen. „Wie wär's, wenn wir sofort damit anfangen?", quengelte er gleich weiter.

„Jetzt lasst uns erstmal richtig frühstücken. Ihr habt vor lauter Zuhören ja kaum etwas heruntergebracht", bestimmte der alte Greis.

„Also, schnell reinhauen und dann geht es endlich los," drängte Qualmchen.

„Da ist jemand nicht zu halten", bemerkte Ninvy.

Für den geneigten Leser stellt sich nun die Frage: Was war denn diese Idee? Eigentlich ganz einfach! Bei wem hatte Qualmchen gelebt, bevor er auf den Hof kam? Nur ganz wenige wussten das: Bei Merlin, dem uralten Zauberer, der schon in der Zeit von König Artus lebte. Und der jetzt immer noch lebt, weil er mit Sir Ralphus und Qualmchen aus dem Heiligen Gral trank. Die Wege hatten sich damals nach einiger Zeit getrennt. Sir Ralphus wollte sich noch mehr in der Welt umschauen, während Merlin mit Qualmchen im Wald blieb. Wenn man nun mit Merlin in Kontakt treten könnte, dann wäre es sicherlich eine große Hilfe. Das war nun die Idee. Aber wie man den Kontakt herstellen sollte, da waren Kleckselinchen, Ninvy, Qualmchen und der Zauberer unterschiedlicher Meinung. Am späten Vormittag holte Kleckselinchen ihre Kristallkugel hervor. Sir Ralphus gebrauchte seine Zauberkugel, Ninvy ihren Zauberstab und Qualmchen probierte es mit Telepathie.

Mit einer dieser Methoden musste es ja klappen! Man kam überein, dass man zuerst jeder für sich es probieren sollte. Es heißt ja, probieren geht über studieren!

Kleckselinchen beschwor ihre Kristallkugel anzuzeigen, wo Merlin gerade war. Es gelang einfach nicht. Die Kugel blieb schwarz. Sie seufzte.

Bei Sir Ralphus sah die Sache anders aus. Mit magischen Zauberworten rufend, hielt er seine Hände über seiner Zauberkugel. Aber heraus kam nur ein höhnisches Gelächter. Vielleicht hätte es ja geklappt, wenn er die Worte in der richtigen Reihenfolge gesprochen hätte. Ach, ja, man wird halt alt.

Ninvy hingegen flüsterte Zauberformeln und fuchtelte dabei mit ihrem Zauberstab umher und verschwand. Aber leider ohne

Zauberstab. Zaubern will gelernt sein. Wo mochte sie wohl jetzt sein?

Den Schlusspunkt machte Qualmchen. Er probierte eine neue Möglichkeit, die er so noch nie getestet hatte, aber viel davon gehört hatte. Es ging um Telepathie. Ganz ruhig saß er auf seinem Platz, den er sich im Freien gesucht hatte und wo niemand ihn stören konnte. Mit zugekniffenen Augen dachte er mit großer Anstrengung an Merlin. „*Merlin, wo bist Du? Ich brauche Deine Hilfe!*" So dachte er und blieb dabei ganz ruhig. Bei dieser Methode war es nämlich dringend notwendig, dass man nicht unruhig wurde. „*Merlin, wo bist Du?*" Bis dahin war er wieder gekommen, als er plötzlich eine Stimme vernahm, die sagte: „Hier bin ich mein Freund. Du hast mich gerufen?" Qualmchen glaubte, seinen Ohren nicht trauen zu können. Hatte er richtig gehört? War da nicht Merlins volltönender Bass zu hören? Der kleine Drache hielt die Hände vor sein Gesicht und linste vorsichtig zwischen den Fingern hindurch. Er sah Merlin. Merlin sein alter Besitzer. Er hatte ihn nicht im Stich gelassen.

Der Zauberer aus vergangener Zeit schritt auf ihn zu und legte seine Hand auf Qualmchens Schulter. „Ja, ich bin da! Aber wenn Du glaubst, Du hättest es allein geschafft, dann irrst Du Dich. Meine kleine Freundin Ninvy hat sich verirrt und ich bring sie Euch wieder zurück. Schau her kleiner Freund, hier ist sie!"

Freudestrahlend tanzte der kleine Drache um Merlin und Ninvy. „Merlin, ich bin so froh, dass Du hier bist."

Durch das Gejauchze wurden jetzt auch Kleckselinchen und Sir Ralphus angelockt.

„Wie seid Ihr hierhergekommen, alter Freund?", fragte strahlend Sir Ralphus. Sie umarmten sich, die zwei wohl ältesten Zauberer der Welt.

„Nun, ich saß ganz ruhig in meiner Behausung und plötzlich tauchte diese kleine scheue Fee auf. Ich musste ihr erstmal gut zureden, bis sie verriet, wer sie sei. Und als ich ihr meinen Namen nannte, wurde sie aufmerksam. Nun erzähle Du weiter, Ninvy."

So beruhigend sprach der alte Zauberer zu der sehr scheuen Fee, dass diese ihre Schüchternheit verlor, und frei von allen Ängsten erzählte sie weiter: „Ja, als ich hörte, dass er Merlin sei, da habe ich ihn gefragt, ob er zufällig einen Drachen mit dem Namen Qualmchen kenne. ,Oja', sprach er. ,Qualmchen kenne ich sogar sehr gut. Wieso, ist er krank oder ausgebüxt?' Da habe ich ihm alles sagen müssen. Zum Schluss hat Merlin bloß gemeint, wir sollten Euch einen kleinen Besuch abstatten. Damit ihr Euch nicht mehr mit den Kugeln abstressen müsst."

„Was! Wie hast Du es geschafft, Merlin zu finden?", rief Kleckselinchen.

„Na ja, ich habe halt ein bisschen gezaubert und plötzlich war ich bei ihm. Und den Zauberstab hab' ich verloren."

Kleckselinchen verschwand kurz und kam mit einem Stock wieder. „Das ist doch Deiner, oder?" Ninvy nickte errötend. „Ich muss aber zugeben, dass mir nicht aufgefallen ist, dass Du weg warst", gab Kleckselinchen zu.

„Ihr habt mich nicht einmal vermisst? Bin ich denn so unscheinbar?", schluchzte Ninvy.

„Ninvy, komm versuch zu verstehen." Dabei nahm die Hexe ihre Schwester in den Arm. „Wir haben alle so konzentriert gezaubert. Und glaube mir, kleine Schwester, wenn einer von uns verschwunden wäre, so hätten die anderen noch nicht mal so schnell bemerkt. Du kannst sicher sein, dass Dein nicht vorhanden sein uns früher oder später schmerzlich aufgefallen wäre. Deshalb freuen wir uns jetzt um so mehr, dass Du wieder da bist und Merlin gleich mitgebracht hast."

„Dir müssen wir danken, Ninvy", gab Sir Ralphus zu.

Oh, wie dieses Lob die scheue Fee freute. Sie errötete bis unter die Haarspitzen und gleichzeitig strahlte sie dabei über das ganze Gesicht.

7. Kapitel:

Das Treffen mit den Zwergen

Bei einer kleinen Willkommensfeier wurde von vielem gesprochen. Wobei Qualmchen am meisten zu Wort kam. Er erzählte alles ganz genau, was er beabsichtigte.

Der kleine Feuerdrachen zog den weisen Zauberer in ein kleines Versteck: „Ich würde Dir gern mein neues Zuhause zeigen, aber die Zwerge arbeiten bestimmt noch daran", flüsterte er.

„Dann schlage ich vor, dass Du Dich mal erkundigst, ob ich überhaupt kommen darf. Es gibt Menschen, die es nicht erlauben, dass man bei der Arbeit gestört wird", bestimmte Merlin.

„Also gut, wenn Du meinst, dann mache ich das auch. Ich vertraue Deinem Wissen, was gut und richtig ist", lächelte Qualmchen.

Ein wenig später machte er sich auf den Weg zur Zwergenlichtung. Von weitem schon hörte man Geschepper. Gelächter und auch manches Gebrüll. Eiligst trabte der kleine Drache zum Bautrupp und stolperte über eine Geröllhalde... „Autsch! Was ist denn hier los?" Qualmchen rappelte sich auf und machte sich gerade noch rechtzeitig bemerkbar, bevor die nächste Schuttladung über ihn geschüttet wurde. „Hallo, hallo", rief er, um sich bemerkbar zu machen.

Die Schubkarre blieb in der Bewegung stehen und Edi schaute hervor. „Hat da nicht jemand gerufen?" Suchend blickte sich Edi um und sah direkt vor dem Schutthaufen den kleinen Drachen. „Qualmchen", rief der Zwergenfreund, „wie schön, dass Du mal vorbeikommst. Sag, Du hast doch nicht etwa den Schatz gefunden, oder?", erkundigte sich Edi.

„Nein, nein, mein Freund, ich möchte nur gern sehen, wie weit Ihr mit dem Umbau gekommen seid."

„Na, dann komm und schau Dich um. Ah, da ist ja der Chef. Hallo, Chef", rief Edi. „Hier ist jemand, der Dich sehen will."

Graubart kam näher, um den kleinen Feuerdrachen zu begrüßen. „Guten Tag, mein Freund, wie geht es Dir?"

„Ebenfalls guten Tag und danke, mir geht's gut. Und Euch?", kam die Gegenfrage.

„Ach, wie Du siehst, graben wir erstmal die Höhle aus. Unser Schutthaufen wird täglich größer. Willst Du mal da reingehen?" Graubart zeigte auf den Eingang.

„Nein, noch nicht. Ich möchte Euch bitten, dass ich einen Freund mitbringen darf. Er ist der Einzige, dem ich die Höhle zeigen möchte, da ich nicht weiß, wie lange er zu Besuch bleibt."

„Hm, hm. Eigentlich mögen wir es nicht, wenn Fremde daher kommen. Aber da er Dein Freund ist, und nur kurz bei Euch weilt, so darf er gerne kommen."

„Okay, dann komme ich morgen mit ihm, für heute ist es schon zu spät", meinte Qualmchen und eilte mit der frohen Botschaft nach Hause, um Merlin die Nachricht zu verkünden.

Graubart und seine Gruppe, stellten hingegen bei Einbruch der Dunkelheit ihre Arbeit ein, und sorgten noch dafür, dass es für den morgigen Besuch schön aussah. Das Zwergenvolk ist nämlich für seine Sauberkeit bekannt.

Gleich nach dem Frühstück des nächsten Morgens wanderten der kleine Drache und der große Zauberer zur Lichtung. Alle Zwerge standen bereits in Reih und Glied und warteten auf die Besucher. Graubart an der Spitze. Als die zwei in Sichtweite kamen, ging der

Zwergenchef den beiden entgegen. „Wir heißen Euch hier herzlich willkommen. Ihr wollt also die Baustelle sehen", wandte sich Graubart an Merlin. „Merkwürdig, mir scheint, als hätte ich Euch schon einmal gesehen."

„Das Gleiche dachte ich auch", gab Merlin zu.

Prüfend sahen sich die zwei alten Männer an und langsam kam ein Lächeln in die Gesichter, die Lachfältchen an den Augen wurden sichtbar. Ein Strahlen überkam beide. „Meiner treu, das ist doch Merlin, der Zauberer Artur's", rief Graubart.

„Dann müsst Ihr Graubart sein", kam es von Merlin. Freudig umarmten sie sich.

„Kommt näher meine Freunde. Leider können wir Euch nichts anbieten", entschuldige sich der Chef.

„Wir haben schon gefrühstückt. Wir wollen nur das zukünftige Heim meines kleinen Freundes besichtigen", erklärte Merlin

„Jetzt lasst uns mit der Besichtigung beginnen", fing Qualmchen an zu quengeln. „Also kommt!"

Zusammen wurde die Höhle endlich begutachtet. Die Höhle war aber riesig, staunten die Besucher. Es dauerte lange, bis sie wieder ans Licht kamen.

„Wir danken Euch, mein Freund", sprach Merlin. „Meinen und Qualmchens Respekt habt Ihr für das, was Ihr geleistet habt."

„Es wäre schön, wenn wir uns einmal zusammen setzen könnten", meinte der Chef. „Aber wir möchten mit der Arbeit vorwärtskommen, die Zeit drängt. Der Herbst naht und bis es Winter wird, dauert es auch nicht lange."

„Das geht in Ordnung, Graubart", gab Merlin zurück. „Aber vielleicht sehen wir uns, wenn die Höhle fertig ist und sie an Qualmchen übergeben wird."

„Aber nur, wenn der Drache uns bezahlt hat", warnte der Chef.

8. Kapitel:

Beginn der Suche

„Na, wie findest Du sie denn?", fragte Qualmchen seinen Freund.
„Wen meinst Du, die Zwerge oder die Höhle?", witzelte Merlin.
„Die Höhle natürlich", gab Qualmchen entrüstet zurück. „Woher kennst Du überhaupt Graubart? Ich kann mich nicht erinnern, dass Du den jemals getroffen hast", erkundigte sich Qualmchen.
„Nun, das ist eine lange Geschichte. Aber das erzähle ich Dir alles ein andermal", versprach der Zauberer.

Auf den Hof zurückgekehrt, traf man sich, da es schon Nachmittag wurde, zum Kaffee, Kuchen und Keksen. Man musste sich stärken, denn jetzt ging es los.

Da Kleckselinchen's Kristallkugel aus irgendeinem Grund nicht funktionierte und Sir Ralphus seine Zaubersprüche selten in der richtigen Reihenfolge sprach, wurde Merlin jetzt gefordert. Alle stellten sich im Kreis auf. Jeder wartete nun gespannt, was als Nächstes passieren würde.
„Wir machen uns nun auf die Reise. Haltet Euch an den Händen fest, damit Ihr alle zusammen auf einem Platz zu landen kommt", forderte Merlin sie auf, hob den Zauberstab und sprach ein paar geheimnisvolle Worte. „Plopp", weg waren sie. Wo würden die Gruppe wieder zum Vorschein kommen?

„Autsch, autsch", riefen die Teilnehmer. Sie waren sehr unsanft in einer schwarzen Umgebung gelandet. Die Dunkelheit verschwand, es kam die Dämmerung und langsam wurde es hell. Jetzt konnte man richtig erkennen, wo jeder landete.

Dummerweise hatten sie sich an den Rat von Merlin nicht gehalten. Das hieß zuerst schon, aber während der Reise hatten sie dann die Hände losgelassen. Kleckselinchern hockte auf einem Apfelbaum. Was sehr gut zu ihr passte. Ninvy saß auf einem Hügel und besah sich den Sonnenaufgang. Sir Ralphus lag auf dem Rücken und stöhnte. Qualmchen fand sich in einer Höhle wieder. Und Merlin kam aus einer Hütte heraus. Alle waren also verstreut und mussten sich erstmal wieder zusammenfinden.

Kleckselinchen erspähte ihre Schwester. Ninvy hingegen bekam den auf dem Rücken liegenden Sir Ralphus ins Blickfeld und sah, wie er begann sich aufzurappeln. Qualmchen steckte seinen Kopf aus der Höhle und schaute suchend nach Merlin. Kleckselinchen kletterte am Baum herunter und eilte zu ihrer Schwester. Diese wiederum rutschte und stolperte vom Hügel herunter, um Sir Ralphus beim Aufstehen zu helfen. Die beiden Mädchen trafen sich zuerst, bevor sie zu dem noch auf dem Boden liegenden Freund liefen. So, jetzt waren sie schon mal zu dritt. Wo waren die beiden anderen? Sir Ralphus zeigte auf den Wald, wo eine kleine Rauchsäule zu sehen war. „Das könnte vom kleinen Feuerdrachen sein. Kommt, wir sehen nach", sprach's und humpelte, sich auf einen Stock stützend, voraus. Die Hexe und die Fee liefen ihm nach und kamen Qualmchen immer näher. „Hust, hust", keuchte der Zauberer. „Da hat jemand es zu gut gemeint! Das ist ja schon ein größeres Feuer."

Auf einmal prasselte Regen hernieder, der das Feuer auslöschte. „He, was soll das?", hörte man ein Piepsstimmchen. „Kann man nicht mal ein kleines Feuerchen machen?", schimpfte Qualmchen.

„Das war kein kleines, sondern ein großes", kam es von Merlin, der sich dem kleinen feuerspeienden Ungeheuer näherte.

„Ah, Merlin. Du bist das?", freute sich der Drache. „Schön, dass Du da bist. Hast Du es so regnen lassen?"

„Ja, Qualmchen das habe ich. Hattest Du vor den Wald abbrennen zu lassen?" Streng hob Merlin den Zeigefinger. „Wenn Du es schon brennen lassen willst, dann übertreibe es bitte nicht!", mahnte er.

„Aber ich wollte doch eigentlich nur ein ganz kleines Feuerchen haben. Na, ja, das kann doch mal ausnahmsweise passieren", rechtfertigte sich Qualmchen. „Hauptsache wir zwei sind zusammen. Wo bloß die anderen sind?", fragte das kleine Dingelchen.

„Hier sind wir!" Keuchend, schniefend und nass tauchte die restliche Reisegesellschaft auf. „Ich würde jetzt vorschlagen, dass wir uns in die Hütte begeben und uns trocknen", schlug Merlin vor.

Froh ein Dach über den Kopf zu bekommen, wurde die Behausung freudig in Beschlag genommen.

Nachdem man sich getrocknet und gestärkt hatte, kam die Frage auf: Wo waren sie eigentlich gelandet? Tja, herausgekommen waren die Freunde in einer Zeit, wo die Welt noch unruhig war und noch an Hexen, Drachen und Ähnliches geglaubt wurde. Also im Mittelalter.

„Hier sollen wir suchen?" Zweifelnd hob Qualmchen die Augenbrauen in die Höhe.

„Bist Du Dir sicher, dass wir hier richtig sind?", fragte Ninvy.

„Oh, Merlin, weiß was er tut!", antwortete Sir Ralphus. „Nicht umsonst gilt er als der mächtigste Zauberer der Welt!"

„Danke, mein Freund", freute sich der älteste Magier, „dass Du Dich so für mich einsetzt." Er gab nun eine Erklärung ab: „In dieser Zeit machte ich die Bekanntschaft mit unserem kleinen Freund hier. Qualmchen war noch recht jung, aber schon sehr tapfer. Dieser Mut zahlte sich aus, nachdem er eine Ritterburg von einer feindlichen Besatzung befreite. Worauf der Besitzer der Burg ihm vor Dankbarkeit einen Goldschatz zum Geschenk machte. Ich habe ihm dann geholfen, den Goldschatz in Sicherheit zu bringen, so dass ich weiß, wo der Goldschatz sich nun befindet."

9. Kapitel:

Der Fund

Die Freunde lauschten gespannt und machten große Augen, als sie hörten, dass auch Merlin um das Versteck wusste. „Super, toll, klasse!", jubelten sie und klatschten freudig in die Hände. „Dann können wir ja gleich dorthin gehen und ihn holen", freute sich Qualmchen.

„Eigentlich müsste es jetzt unmöglich sein, den Eingang zu finden. Das Versteck ist inzwischen höchstwahrscheinlich völlig überwuchert", bemerkte Merlin.

„Los, kommt! Worauf warten wir noch?", quengelte Qualmchen. Aufgeregt liefen alle außer Merlin und Sir Ralphus zur Tür, die gemächlich dem jungen Volk nachgingen.

„Zeig uns den Weg", meinte Kleckselinchen aufgeregt, „damit wir schon vorauslaufen können."

„Das ist ganz einfach", erklärte der Magier an Qualmchen gewandt. „Du erinnerst Dich noch an die Höhle am heiligen Hain?"

„Heiliger Hain?", fragte das kleine Dingelchen. „Heiliger Ha...! Aber natürlich!", rief er. „Schnell mir nach", und lief, so schnell ihn seine Füße trugen, voraus.

„Halt, halt, warte auf uns." Kleckselinchen und Ninvy hasteten ihm nach.

„Schau einer an, wie schnell sie laufen können", schmunzelte der mächtigste Zauberer der Welt.

Ungeduldig harrte das Trio vor dem vermutlichen Versteck, auf das ältere Duo. „Wo soll hier der Eingang sein?", fragte Qualmchen.

„Merlin hat Euch vorhin mitgeteilt, dass das Versteck vermutlich überwuchert ist", wiederholte Sir Ralphus ärgerlich. „Warum könnt Ihr nicht zuhören?", schimpfte er.

„Nun heißt es Ärmel hochkrempeln und zupacken", bestimmte Merlin. Er wollte gerade noch hinzufügen, dass zaubern und hexen hier verboten sind, als Kleckselinchen heimlich ihren Zauberstab hervorholte, laut eine Zauberformel sprach und damit einiges Unheil anrichtet.

„Nein!", schrie Qualmchen aus. „Was hast Du getan? Du hast das Versteck weggezaubert. Du dumme Hexe, Du!" Dem kleinen Drachen standen Tränen in den Augen.

Betroffen sah Kleckselinchen sich um. Die beiden Zauberer blickten sich an, seufzten und machten sich daran, das Geschehene ungeschehen zu machen, wobei die Hexe darum bat mithelfen zu dürfen. „Nein, Kleckselinchen. Du hast schon genug Schaden angerichtet. Das Einzige, was Du tun kannst, ist Qualmchen zu beruhigen."

Die Hexe schlich sich betrübt davon.

„Jetzt dürfen wir zeigen, was wir können", nuschelte Sir Ralphus. „Wie lautet nochmals die Zauberformel?" Der Alte aus vergangener Zeit flüsterte ihm den Zauberspruch ins halb taube Ohr. Angestrengt wurde zugehört. „Also volle Konzentration." Sie schoben ihre Ärmel hoch, hoben ihre Stäbe und riefen laut die Beschwörungsformel. Aber leider klappte es nicht so gut. Das Versteck war zwar da, doch es war verkehrt herum gelandet. Der Boden hing in der Luft, ebenso der Eingang, aber die Decke lag auf der Erde. Zu dem war noch immer alles überwuchert. „Das kommt davon, wenn man junge Hexen mit auf Reisen nimmt", schimpfte Merlin. „Wir Alten dürfen dann die Fehler ausbügeln."

„Aber Hauptsache das Versteck ist wieder da", stellte Ninvy fest.

„Jetzt aber an die Arbeit, und zwar alle", kommandierte der Magier. „Ja, auch Ihr, Qualmchen und Kleckselinchen."

Aber wo anfangen? Ninvy hatte Vorschläge parat: „Entweder wir graben uns von unten hinein oder von oben nach unten."

Alle stimmten dafür, dass von oben nach unten gegraben werden sollte. Und mit Feuereifer ging man an die beschwerliche Arbeit. Die pieksigen Dornen und Nadeln machten sie nicht fröhlicher. Nach ein paar Stunden war das gröbste beseitigt. Man konnte jetzt wagen, in die Höhle einzudringen.

„Ich darf als Erster", wollte Qualmchen bestimmen.

„Warum Du?", ereiferte sich die kleine Hexe.

„Das ist schließlich mein Schatz, um den es geht", gab der Drache zurück.

Ninvy trat vor die beiden: „Ich meine, wir sollten den Zauberern den Vortritt lassen. Schließlich haben sie es geschafft, das Versteck wieder herzuzaubern."

„Ich lasse Dir den Vortritt", meinte Sir Ralphus zu Merlin. Merlin nahm dankend das Angebot an und betrat die Höhle.

In die Höhle eingedrungen, konnte er kaum glauben, was er sah. Die Höhle funkelte nur so von Glitzersteinchen. „Kommt herein", rief er nach draußen. „Es ist einfach unglaublich."

„Jetzt darf ich als erster", rief Qualmchen und drängte sich vorwärts, dann kamen Kleckselinchen, Ninvy und zum Schluss Sir Ralphus. Alle blickten sich um und staunten. Sonderbarerweise hatte man das Gefühl, dass sich die Höhle immer mehr ausweitete. Und je mehr sie sich vergrößerte, desto mehr Glitzersteinchen kamen zum Vorschein. „Was sind das für kleine Steinchen, die da hängen?", wollten alle wissen.

„Ich glaube", antwortete Merlin, „das sind Diamanten."

„Diamanten?", echote Qualmchen. „Ja, sie können wertvoll sein, wenn sie erst gesäubert und geschliffen sind", belehrte ihn Sir Ralphus.

„Na, dann pflücken wir sie doch. Vielleicht können wir sie in die Schatzkiste tun, wenn wir sie finden sollten", bestimmte der kleine Drache. „Aber wo könnte die sein?", fragte er, stolperte prompt über einen kleinen Hügel und fiel auf seine Nase. „Autsch, was muss der Hügel auch mitten im Weg liegen?" Er machte einen Kick danach und schrie: „Aua, das tut weh. Mein armer Fuß!" Er plumpste mit dem Hintern auf den Boden und hielt mit beiden Händen den verletzten Fuß.

Kleckselinchen und Ninvy traten zum Erdhaufen und schaufelten ihn mit den Händen weg. War etwas darunter zu sehen? Gespannt sahen sie, wie langsam eine Truhe zum Vorschein kam.

„Mein Schatz, mein Schatz", jubelte Qualmchen, sprang seinen schmerzenden Fuß vergessend auf und umarmte die beiden Mädchen.

„Sieh erstmal nach, ob es auch die Deine ist, nicht, dass Du nachher enttäuscht bist", versuchte Ninvy Qualmchens Begeisterung zu dämpfen.

„Mach ich sofort", und der kleine Drache versuchte die Kiste aus ihrer Gefangenschaft heraus zu heben. Aber die Kiste war so schwer, dass die beiden Zauberer mithelfen mussten, sie zu bergen. Aufgeregt zeigte Qualmchen auf den Deckel: „Das ist sie, hurra!", und hüpfte um die Kiste herum. „Schaut, da ist mein Erkennungszeichen, ich habe nämlich einen Abdruck von meiner Nase darauf gemacht."

„Ach, so?", meinte Kleckselinchen, „ich dachte, das wäre das hier", und zeigte auf angekokelte Ecken.

„Ach, das war nur ein kleines Versehen", gab der Drache gleichgültig zu.

„Und wie bekommst Du sie auf?", erkundigte sich die Hexe. „Hast Du dafür einen Schlüssel?"

„Schlüssel, was für ein Schlüssel?" Verwirrt sah Qualmchen seine kleine Freundin an. „Schlüssel", murmelte der Drache vor sich hin. „Weißt Du etwas von einem Schlüssel?", schaute er Merlin fragend an.

Merlin lächelte ihm zu. „Ja, aber natürlich habe ich den Schlüssel! Du hast ihn mir doch zum Aufbewahren gegeben. Hier in der Tasche müsste er sein!" Er wühlte in einer seiner vielen Taschen. Oh, Schreck, da war er nicht. Vielleicht in einer anderen? Nervös durchsuchte der Magier eine Tasche nach der anderen.

„Sag, bloß, Du hast ihn verloren", entsetzt schaute Qualmchen ihn an. Da, plötzlich fühlte Merlin etwas Hartes, aber nein, es war nicht der Schlüssel, sondern nur ein Apfelkern. Komisch, wie kam der da rein? Der Magier schüttelte den Kopf, er aß doch keine Äpfel. Komisch! Er fand keinen Schlüssel. Es blieb nicht weiteres übrig, als alle Taschen auszuleeren. Eine Tasche nach der anderen wurde von seinem Inhalt befreit. Was trug der alte mächtige Magier mit sich herum? Zahnstocher, Bücher, Ersatz-Zauberstäbe, Taschentücher. Alles möglich nur nichts, was nach einem Schlüssel aussah. Auf einmal fiel es ihm wie eine Sternschnuppe vom Kopf. Aber natürlich! Er hatte sich den Schlüssel an einem Band um seinen Hals gehängt. Aufatmend stopfte er alle seine Sachen wieder in die Taschen und zog das Band mit dem Schlüssel über seinen Kopf. „Hier ist er", erleichtert übergab Merlin das Gefundene dem Drachen.

„Jetzt schließe endlich die Kiste auf!" Kleckselinchen konnte es kaum noch erwarten.

Der große Moment kam. Qualmchen steckte den Schlüssel in das dazu gehörige Loch, drehte ihn ein paarmal um und die Kiste öffnete sich. Sie war bis obenhin mit Goldmünzen bedeckt.

„Hurra, wir haben sie gefunden", schrie die Hexe außer sich.

„Was heißt wir, ICH habe sie gefunden", rühmte sich der Drache. Der Deckel wurde wieder zugeklappt und die Kiste hinaus geschleift.

„Und was machen wir mit den Diamanten?", fragte Ninvy. „Es wäre doch schade, wenn wir sie hier ließen."

Sir Ralphus schaltete sich ein. „Ich schlage vor, dass wir die Diamanten gut einpacken sollten, falls wir sie mitnehmen."

„Ja, aber in was?", fragte Kleckselinchen Merlin.

Der große Zauberer schlug vor, dass sie Beutel aus großen Blättern machen sollten. Er zeigte ihnen, wie sie es machen sollten. „Es reicht, wenn wir drei Beutel haben."

Gesagt, getan. Die Beutel wurden gefertigt, dann die Diamanten gut verpackt. Es wurden drei schwere Beutel. Und dann noch die schwere Kiste. Wie sollte dies alles vollständig nach Hause gebracht werden? Merlin und Sir Ralphus waren die Kräftigsten, also mussten sie die Schatzkiste nehmen. Qualmchen, Kleckselinchen und Ninvy trugen jeder einen Beutel um den Hals, wobei ihre Köpfe durch das Gewicht nach unten gedrückt wurden. Keuchend, schwitzend und total erschöpft kamen sie zur Hütte. Die Schatzkiste wurde in eine Ecke gestellt und die Diamantenbeutel darauf gestapelt. Kurz nachdem sie sich gestärkt hatten, fielen sie zufrieden in einen erholsamen Schlaf.

Erfrischt nach einem sechzehnstündigen Schlaf, stärkte man sich nochmals, bevor es auf die Rückreise ging.

10. Kapitel:

Die Rückreise

Alle standen im Kreis und hielten sich an den Händen. Die Schatz-kiste und die Beutel mit den Diamanten wurden in der Mitte platziert. Zuvor hatte Merlin einen Zauberkreis auf den Boden gezeichnet. „Wozu denn das?", wollte Kleckselinchen wissen.

Der Magier antwortete: „Dieser Zauberkreis hat zusätzliche Kraft, damit wir alle mitsamt den Schätzen die Rückreise antreten können."

„Müssen wir uns trotzdem an den Händen halten?"

„Ja, vorsichtshalber. Das ist sicherer." Die Bestimmtheit der Antwort lies nichts zu wünschen übrig. Die Reisegruppe wartete, welche Beschwörungsformel Merlin nun sprechen würde. Der älteste aller Magier hob seinen Zauberstab und rief laut den dafür vorgesehenen Spruch. Und „Schwupps" waren sie verschwunden. Aber oh, weh. Wo waren sie denn nun gelandet? In einer anderen Zeit und an einem anderen Ort, nur nicht dorthin, wohin sie wollten. Und noch dazu ohne Schätze! Wenigstens waren sie alle zusammen. „Hm", meinte Merlin, „da ist irgendwas falsch gelaufen. Also nochmal von vorn." Er hob abermals den Stab, sprach laut den Spruch und „Schwupps" waren sie wieder im Mittelalter. Dieses Mal kamen sie auf dem heiligen Hain zu stehen. Nach kurzer Zeit erblickten sie die Höhle, welche noch immer verkehrt herum lag. „Ja, wir sind auf dem richtigen Weg. Los, schnell zur Hütte", schrien sie alle. So eilte die Gruppe zur Hütte, wo davor der Zauberkreis mit den Schätzen stand.

„Lasst uns hinein schauen, ob alles noch da ist", meinte Qualmchen.

Sie öffneten die Truhe und die Beutel, sahen, dass alles in Ordnung war, und schlossen sie dann wieder. „Na, das war wohl ein Schuss in den Ofen", bemerkte Kleckselinchen, „und was machen wir jetzt?"

„Das lag daran, dass der Zauberspruch immer noch zu schwach war. Ohne die Schätze hätte es geklappt. Da es keinen stärkeren Spruch gibt, müssen wir uns nacheinander auf die Reise machen", erklärte Merlin. „Wer möchte zuerst?"

„Ich, ich, ich", schallte es ihm entgegen.

„Na, einer muss den Anfang machen."

Bevor Sir Ralphus und die beiden Mädchen reagieren konnten, setzte sich kurzerhand Qualmchen auf die Schatztruhe und sagte sehr bestimmt: „Ich bin bereit Merlin." Der Magier nickte und setzte sich ebenfalls auf die Kiste und nahm den Drachen auf seinen Schoss.

„Habt keine Sorge, ich komme gleich wieder", versprach Merlin. Die Prozedur ging von Neuem los. Die Reise verlief diesmal problemlos und mit einem „Plopp" fielen sie genau vor Kleckselinchens Hofcafe.

„Super", freute sich der Drache.

„Willst Du denn nicht die anderen sehen?", fragte Merlin und meinte damit die Hofbewohner.

„Nein, nein, ich bleibe hier sitzen bis Du mit den anderen Reisenden wieder kommst", antwortete das Dingelchen.

„Also, gut wenn Du meinst. Dann bringe ich jetzt die nächste Fuhre", lachte Merlin und verschwand, worauf er augenblicklich wieder im Mittelalter zu sehen war. „Na, was habe ich gesagt, da bin ich wieder. Wer möchte als Nächster mitreisen?", fragte er.

„Sir Ralphus soll der Nächste sein", meinte Ninvy, „er ist der Älteste von uns drei."

„He, was ist mit mir", erboste sich Kleckselinchen und stieß ihrer Schwester mit dem Ellbogen in den Rücken. Als sie aber den bestimmenden Blick Ninvys sah, zuckte sie die Schultern und gab ein „von mir aus" von sich. Wenn Ninvy etwas wollte, konnte sie trotz ihrer Schüchternheit sehr streng sein. So verschwanden die beiden Zauberer in die Gegenwart, wo Merlin bereits seinen Freund Qualmchen ablieferte. Zum Schluss brachte Merlin die beiden Schwestern zurück. Glücklich standen sie da und wurden von Qualmchen und Sir Ralphus fröhlich begrüßt.

11. Kapitel:

Wieder auf dem Hof

Natürlich gab es eine große Wiedersehensparty, da die Reisegesellschaft von den Dagebliebenen schon sehr vermisst wurde. Die Schätze wurden bestaunt.

„Wow und den hast Du gefunden, Qualmchen?", fragte Alpakalinle.

„Na, ja, gefunden nicht gerade", gab der Drache zu.

„Nur keine falsche Bescheidenheit. Sag ihnen ruhig, wie tapfer Du warst", murmelte Sir Ralphus in seinen Bart.

„Was, Qualmchen und tapfer, da lachen ja die Hühner", lachte Larrylinchen das Dingelchen aus.

„Ha, habt Ihr eine Ahnung. Merlin erzähle doch Ihnen, womit Qualmchen sich den Schatz verdient hat."

Der mächtigste Magier gab den Bericht ab. Den Hofbewohnern blieben vor Staunen die Augen offen.

„Und die Diamanten? Hat sie das Dingelchen auch geschenkt bekommen?"

„Nein, das war reiner Zufall. Die haben wir bei der Schatzsuche zufällig gefunden." Begeistert gab Kleckselinchen die Geschichte zum Besten, aber ohne ihren Fehler zu erwähnen.

„Und morgen werde ich die Zwerge besuchen und Ihnen mitteilen, dass ich den Schatz gefunden habe", freute sich der Drache.

„Bescheidenheit ist nicht gerade Deine Stärke", bemerkte Merlin.

12. und letztes Kapitel:

Die Übergabe

Am nächsten Morgen machte sich der baldige Höhlenbesitzer mit Merlin, zunächst ohne die Schatzkiste, auf den Weg. Bei der Lichtung angekommen, wurden sie von Graubart herzlich begrüßt.

„Und wie weit seid Ihr mit dem Ausbau?", erkundigte sich Qualmchen.

„Komm und schau Dir die Höhle an. Ich möchte mich und meine Gesellen nicht selber loben, aber ich meine wir haben gute Arbeit geleistet. Und hast Du Deinen Schatz gefunden?" Diese Frage wurde mit einiger Skepsis gestellt.

„Aber ja doch", strahlte Qualmchen und wies auf Merlin hin. „Der mächtigste aller Magier hat mir freundlicherweise geholfen."

„Na, dann kommt mit und schaut Qualmchens zukünftiges Zuhause an", forderte Graubart die beiden auf. Erwartungsvoll betraten sie die Höhle und wurden dabei von der Zwergengesellschaft jubelnd empfangen. Edi, Felix und Manu zogen Qualmchen lachend mit sich davon, um ihm ganz genau zu beschreiben, was sie alles geleistet hatten. Lächelnd blieben Graubart und Merlin mit der restlichen Gruppe zurück. „Kommt, während der Zwergdackel mit seinen Freunden sich alles anschaut, könnt Ihr Euch bei uns ein wenig erfrischen", lachte der Chef und schob Merlin in eine schön geschmückte Kammer.

„Das ist eine Überraschung", fröhlich zeigte Merlin dabei in den kunstvoll verzierten Raum.

In der Zwischenzeit ging der Drache mit den Freunden von Kammer zu Kammer und ein Strahlen fiel über sein Gesicht.

Seine Begeisterung fand keine Grenzen, als er schließlich den neu angelegten Badesee zu sehen bekam. Seine Augen leuchteten so sehr, dass die Zwergenfreunde sich zufrieden angrinsten. „Na, da staunst Du was?", fragte Edi. Qualmchen nickte und vor lauter Freude konnte er kein Wort über seine Lippen bringen.

Später, als sie bei der Gesellschaft zu sitzen kamen, stand der baldige Höhlenbesitzer auf und sprach: „Meine lieben Freunde", und zeigte in die Runde. „Ich danke Euch für alles! Was Ihr geleistet habt, ist großartig und ich glaube, das hätte niemand anderes besser machen können." Er setzte sich wieder hin. Die Zuhörer klatschten in die Hände und stampften mit den Füßen. Diese Rede hatten sie nicht erwartet. Beim Verabschieden wurde gleich ausgemacht, dass der Schatz am nächsten Morgen den Zwergen als Bezahlung übergeben werden sollte. Gesagt, getan.

Graubart nickte zufrieden, als er die Schatzkiste in Empfang nahm. „Und wo ist der Schüssel?", fragte er.

Qualmchen lachte, „Entschuldige bitte, den hatte ich doch glatt vergessen. Merlin, Du hast ihn doch um den Hals hängen, bitte gib ihn mir, damit ich ihn formgerecht übergeben kann." Mit Befriedigung legte Merlin den Schlüssel in Qualmchens Hände, der ihn wiederum dem Zwergenchef übergab. Graubart bedankte sich und öffnete die Truhe. „Jetzt meine Gesellen kommt und seht, was uns zur Belohnung gegeben wurde", lockte der Chef seine Gruppe an.

„Ah, oh! Ist das alles echtes Gold?", wurde gefragt. Merlin nickte mit dem Kopf.

„Ihr habt nun das Gold. Und ich bin froh, das ich nicht mehr die Verantwortung für den Schlüssel habe." So wurde Qualmchen seine Höhle übergeben, während die Zwerge ihre Belohnung in ihre Behausung schafften. Und somit waren alle glücklich und zufrieden!

Ralf und Carmen Neubohn

Ausklang

Es gibt viele schöne Tierhöfe. Besuchen Sie doch mal wieder einen. Viele liebe Tiere warten dort auf Sie! Dazu viel Abwechslung und frische Luft!

Und wer weiß? Vielleicht besuchen Sie zufällig den Hof, auf welchem unsere Freunde leben! Wenn dem so ist, so richten Sie diesen bitte liebe Grüße von uns aus. Danke!

Da wir selber auch oft dort sind, treffen wir uns mit ein bisschen Glück alle. Die Tiere, die Leser und die Autoren.

Es wäre schön!

Weihnachtsgruß

Liebe Leser/innen,

für heute enden die Abenteuer der Bewohner des magischen Hofes. Da sich dort aber laufend aufregend Neues ereignet, wird die Reihe bald fortgesetzt.

Wer die bisherigen Abenteuer der vielen Hofbewohner lesen, will, kann dies in den bereits erschienen Bänden der Lama-Alpaka Reihe tun.

Die Bewohner des magischen Hofes verabschieden sich für heute und rufen Ihnen herzlich zu: „Frohe Weihnachten, ein gutes, neues Jahr und bis bald!"

Bücher von Ralf Neubohn:

Lama und Alpaka Reihe:

„Weihnachten mit Alpaka, Lama und der schussligen Hexe"

„Zauberhafte Ferien mit Alpaka und Lama"

„Der magische Hof, der Drache und die schusslige Hexe"

„Magische Stippvisite vom Drachen und der Hexe"

„Hof-Gala für Fee, Einhorn und Kamel"

„Geheimnisvolle Weihnachten mit Hexe, Drache und schüchterner Fee"

„Magische Reisen mit schussliger Hexe und schüchterner Fee"

Alpaka Reihe:

„Die Alpakas vom Nikolaus"

„Der Nikolaus und sein Alpaka auf Tournee"

„Applaus für Alpaka und Osterhase"

„Das Comeback des geheimnisvollen Alpakas"

„Premieren-Abend mit Alpaka und Phönix"

„Halloween, Drache und Alpaka im Scheinwerferlicht"

„Das magische Alpaka und der Drache"

Gedichte

„Hier und Jetzt"

„Frisch gewagt"

Gedichte und Kurzgeschichten

„Die zauberhaften Altbohns"

Bücher mit schwarzen Humor Gedichten

„Die Gartenschau-Morde"

„Tod auf dem Kaktus"

„Neues vom 1. April"

Kurzkrimis

„Mörderisch gut"

Gartenschau Trilogie

„Flammenfeder live von der Gartenschau"

„Gartenschau Phantasie"

„Herzlich willkommen Gartenschau"

„Galaabend für die Gartenschau"

„Abschiedsvorstellung für die Gartenschau"

„Die Gartenschau-Morde"

„Tod auf dem Kaktus"

„Neues vom 1. April"

„Gartenschau Magie"

„Die Gartenschau im Rampenlicht"

Heiteres aus dem Autorenleben

„Im Tal der Autoren"

„Alle Autoren an Bord"

„Terry ein Schotte in Schwaben"

„Die zauberhaften Altbohns"

Science-Fiction/ Fantasy

„Sam Space"

„Premieren-Abend mit Alpaka und Phönix"

„Halloween, Drache und Alpaka im Scheinwerferlicht"

„Das magische Alpaka und der Drache"

„Weihnachten mit Alpaka, Lama und der schussligen Hexe"

„Der magische Hof, der Drache und die schusslige Hexe"

„Magische Stippvisite vom Drachen und der Hexe"

„Hof-Gala für Fee, Einhorn und Kamel"

„Geheimnisvolle Weihnachten mit Hexe, Drache und schüchterner Fee"

„Magische Reisen mit schussliger Hexe und schüchterner Fee"

Jahresfeste

„Weihnachten mit dem literarischen Kleeblatt"

„Auf der Suche nach dem verlorenen Osterei"

„Weihnachten und Silvester mit Flammenfeder"

„Vorhang auf für Nikolaus, Weihnachten und Ferien"

„Bühne frei für Fasching und Halloween"

„Die Alpakas vom Nikolaus"

„Die Bettsocken vom Weihnachtsmann"

„Silvester und Weihnachtsmarkt geben sich die Ehre"

„Der Nikolaus und sein Alpaka auf Tournee"

„Applaus für Alpaka und Osterhase"

„Halloween, Drache und Alpaka im Scheinwerferlicht"

„Das Comeback des geheimnisvollen Alpakas"

„Weihnachten mit Alpaka, Lama und der schussligen Hexe"

„Geheimnisvolle Weihnachten mit Hexe, Drache und schüchterner Fee"

Bücher mit Texten von Carmen Neubohn:

„Die zauberhaften Altbohns"

„Frisch gewagt"

„Gartenschau Magie"

„Weihnachten mit dem literarischen Kleeblatt"

„Herzlich willkommen Gartenschau"

„Weihnachten und Silvester mit Flammenfeder"

„Magische Reisen mit schussliger Hexe und schüchterner Fee"

Nachwort

Liebe Leser,

Sie sind nun an das Ende unseres kleinen Büchleins gekommen. Wir hoffen, Sie gut und abwechslungsreich unterhalten zu haben.

Falls Sie beim Lesen auf den Geschmack gekommen sind, so gibt es von uns viele weitere schöne Bücher zum selber Genießen oder als originelles Geschenk für andere. Etwa zu Ostern, Weihnachten und Geburtstagen.

Mit freundlichen Grüßen und hoffentlich bis bald!

Ihre Ralf und Carmen Neubohn